青春弾丸

# ご意見無用

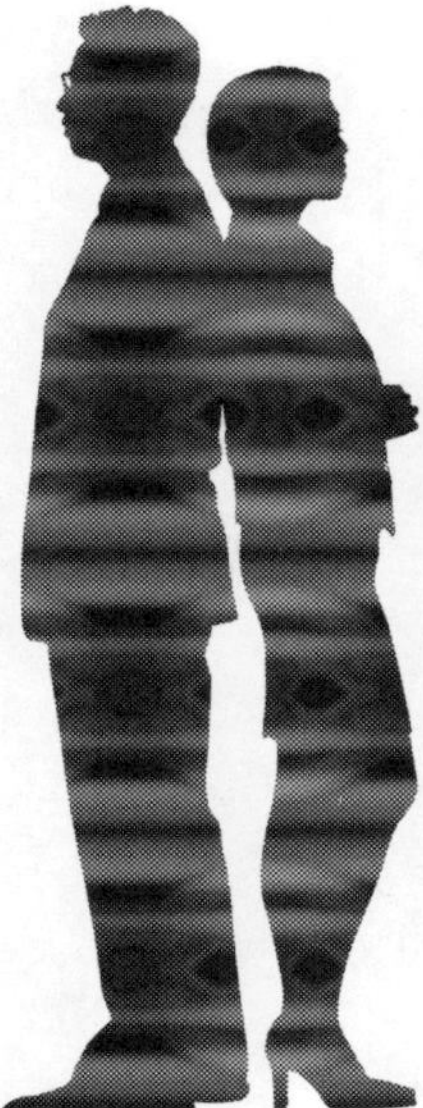

清水谷秋織
Akio Shimizuya

文芸社

# 筆者から読者へ

出会い。人それぞれの人生において様々な出会いがあるものです。

数年前の暑い夏の午後のことでした。職場で、私がデスクへ戻り腰を下ろすと、電話の前に白封筒を中折りにした包みが置かれてありました。知り合いの誰かが私宛てに置いていったものだろうと理解しましたが、心当たりがありません。周囲を見渡しましたが、しかしそれらしい姿もなく、一瞬戸惑いを感じつつも包みを手元に寄せたのです。封書の紙質を通して指先に薄く硬い板のような感触があったからでした。

再び周囲を見渡しましたが、変わった様子もありません。予期せぬ置土産に躊躇しましたが、中身が気になったので、人目をはばかるような思いで包みを膝の上に置き、ゆっくりと開封し、中を覗き込みました。ティッシュでそっと包まれた板状の物が目撃されました。

胸騒ぎを覚えました。包みのティッシュペーパーをそっと開けると、中からブルーとグレーのビニールの板が現れたのです。現物確認をしようと老眼鏡をかけて、私はその出会いに感動しました。半年ほどまえから個人的事情で特別に興味を持っていましたが、入手方法もなくほとんど諦めていた物でした。当時としては入手困難な貴重品を、誰が届けてくれたのかと思いましたが、封筒の底にメッセージが貼り付けられてあり、奇特な人物を確認することができました。私の持つ悩みは当然知っていて、これまでも「逸品」と言ってはいろいろな土産を持参してくれた交友の長い後輩でした。その後輩が知人を経由し、入手した貴重品でした。図らずも私はそのおすそ分けに預かったのです。

メモ紙には「先輩元気を出してください」と相変わらず下手な字で書かれてありました。

私はこれより五年前の五十歳の誕生日を過ぎたころからある病気にかかっていました。以前から日々の排泄に異常を感じていたため総合病院の泌尿器科を訪ね、前立腺肥大症と診断をされたのです。そして処方の治療薬を三年間飲み続けたため、副作用の症状が表れました。

それ以来五年間勃起不全（ED＝Erectile Dysfunction）になり、男の「現役」と「縁切り」状態になってしまったのです。それは、「役立たず」という烙印を押されたのと同じでした。夢も希望も生き甲斐もなくした、見かけ倒しの男になってしまっていたのです。

二色カラーのビニールの表面には、ブルーの上部に〈Viagra〉、その下に二十五ミリグラム、中央の突起した透明部分の中にブルーの石にも見える錠剤があり、下段には〈Pfizer〉と印刷されていました。裏返すとシルバーグレーに太黒字のカタカナで〈バイアグラ〉と鮮明に印刷され、中央には〈ニトログリセリンなどの硝酸薬と本剤は併用できません〉と注意書きがありました。

ほんの数年前まで、バイアグラは厚生省(当時)より発売認可が下りていなかったのです。希望者は海外旅行や個人輸入業社などを利用しなければ、入手できなかった貴重なものでした。貴重な逸品を入手したことで悪魔の囁きにも似た興奮感覚を味わいましたが、もう一つの噂も気になっていたこともまた事実でした。「ハイリスク・ハイリターン」と簡単に言えない、生命に関わる問題があったのです。効果はそれなりに正しく語られていましたが、反面、悲惨な事故の話も面白可笑《おか》しく言われていたからでした。

愛しき女性を愛し、男の逞《たくま》しさを誇示し続けたいという思いは古今東西変わらぬ男性の願望です。私も世界の秘薬に挑戦してきましたが、どれも看板倒れで失望の連続でした。バイアグラを二年間で百回以上服用した使用体験を通じて私が断言できることは、副作用などはまったくなかったということです。医師の指示や注意書き通りに服用するなら、貴方は信じられないバイアグラ効果を体験し、これまで使用しなかったことを後悔するほどだと思います。宇宙の彼方から飛来した「神秘の石」との出会いで、私は失いかけていた生き甲斐までも取り戻し、蘇り、忘れじの青春を再び日々満喫しているのです。

「勃起不全（ＥＤ）＝男だけに起こる勃起障害で、その原因は様々。要因として遺伝体質や精神的・肉体的苦痛や薬物の服用などによって起こると考えられる個人差のある症状」

セックスは健康のバロメーターとも言われます。目の前にある両刃の剣を悪用するか、それとも自分自身と家族を守る武器にするか、どちらを選択するか、個々の心の判断にお任せするものです。しかしバイアグラとの出会いがなければ、ＥＤに悩まされていた私は当然のことながら日々体力が低下するばかりでした。嘆きの底にいる悩み多き男性に明日はないのです。バイアグラの出現は我ら男性にとっての救世主です。バイアグラに栄光あれ、バイアグラは不滅です。

今も勃起障害で悩み、二度とあの快感を味わうことはできないと諦めかけている同胞よ、青春は当の昔に去ってしまったと諦め、心の中で嘆いている同胞よ、諸君は救われるのです。諸君が諦めているあの感動は、過去のことと思っていたあの感覚や快感は、自らが僅かな勇気さえ持てば、再び自分のところに戻ってくるのです。この素晴らしさを認めず、再びあの熱い感動に浸ることを放棄したら、残りの人生をどのようにして送れというのでしょうか。

黄昏中年族には若者のように時間は残されてはいないのです。たった一度しかない人生、我々中年は悔いを残してはいけないのです。宇宙から飛んできたかというほどの神秘の石、バイアグラは生きる喜びを教えてくれる幸福の石です。

私には、ありもしない作り話をしてまで、人の気持ちを弄《もてあそ》ぶ時間も暇もありません。未知との遭遇とはじめは思うかもしれませんが、この未知の世界に思い切って飛び込んでみてはどうでしょうか。

勇気を奮い、行動した諸君は再びの青春時代へいつでもタイムスリップし、若者と同じ、いやそれ以上のパワーを身体に蓄え、愛する女性たちを求め、そして貪欲に慈しむことが可能なのです。

私はこの宝石のような輝きを放つ神秘の石と出会って、夢にまで見た若き恋人との週末の逢引を実行し、残された人生を充分に満喫し益々意気軒昂で、生き甲斐のある日々を送っているのです。わが愛すべき「ＥＤ同胞」よ、諸君もこのチャンスを有効に使い、貴方だけの残された人生を謳歌してはいかがなものでしょうか。

もちろんこのチャンスは平等ですが、その資格に適合する人にだけ与えられるチャンスなのです。バイアグラが与える信じられないパワーで諸君も化身し、そして見事に復活した逞しい身体を誇示し、焦らずゆっくりと若い恋人との時間を楽しむことができるのです。きっと貴方自身が自らの力を見直し、そして自信を取り戻すことでしょう。過去は綺麗さっぱり忘れ、今からの新しい人生を発見し、生きてみてはいかがでしょうか。

余談ですが、バイアグラの生まれたアメリカでは不思議な現象が発生しているようです。それはバイアグラのパワーによって生まれ変わった老人たちの間での事件でした。それまで静かに余生を過ごしていた夫婦生活に波紋が広がり、まさかと頰を抓《つね》りたくなるような離婚話が起こっていると、雑誌で読んだ記憶がありますが、体験者の一人としてそれは決してありえない話ではないと思います。これも安穏な老人生活を乱すほど凄いパワーを与えてくれる、バイアグラの威力が巻き起こした、悲しくも笑えない現実の話の一つなのです。

これは新しい出会いを基に書き上げたフィクションです。

# 青春弾丸　ご意見無用　目次

# 青春弾丸　ご意見無用

# 一　宇宙から飛んできた石

数年前、小野真一は薬物の副作用で勃起障害（ＥＤ）になり、五年余も悩み過ごしていました。治療には、ただ時間ばかりを費やし、回り道をしてきたため、一時は男としての誇りも、生き甲斐も捨てかけた世捨て人のようでした。しかし、後輩からプレゼントされた小さな蒼《あお》い錠剤を手にした運命の日から、再び青春が始まったのです。

それまでは生きた屍《しかばね》と言っても過言ではないほど、生き甲斐をなくしていた男でした。仕事にゴルフに酒にと、自分を捨てはしなかったが、男はこれだけでは生きていけないことがわかったのです。男の大切な物が欠けていたのです。

機能をしない男は惨めでした、木の上から落ちた猿以下でした。男はいつも女性を愛し続けることで、エネルギーを発散し、また気分を転換することで明日への挑戦や開拓に再び立ち向かっていく動物なのです。体の中でエネルギーを燃やすことができない男は、何を目的にして生きていくことができるのでしょうか。その苦しみの中にいた真一は、あの小さな粒に秘められた偉大なパワーのお陰で、再びこの世の女性と対等な位置で向き合えたのでした。そして真一は、あのときの悩みは誰の、どこの話ですか、と言えるくらい、自分の障害を忘れているのです。

バイアグラを愛用する真一たちの間では、余裕のせいか不謹慎な会話やメールのやり取りがあります。男は、もの心つきはじめる幼児の頃より自然に性器を玩《もてあそ》びます。今はないようですが、真一が小学生の頃は、オシッコの飛ばし合いをして遊び、ニキビ面の高校生の頃は、遠方の級友の下宿に遊びに行き、つい悪ふざけから、誰が一番遠くまで飛ばすか競い、皆で襖に向けて射精したこともありました。そして現代では、黄昏族と呼ばれる中高年も変わり、三種類のバイアグラを銃器の弾丸にたとえ、「貴方のマグナム弾の威力はいかがですか」と、互いの元気な様子と健闘を称え合うのです。

まさに天国と地獄ほどの違いでした。誰がこのような奇跡が起こると想像していたでしょうか。奈落の底でもがき、うごめいていた男がこの秘薬に出会い、桃源郷を楽しんでいるのです。そして今では、再びの青春を与えてくれた神に心からの感謝をしているのです。

真一は思いました。今もなお、この現実を知らず、悩みつづけている同胞と少しでも早く、この喜びと快楽を分かち合いたいと。

# 二　少年時代

真一が少年だった昭和二十五、六年当時は、日本中が戦後の廃墟から怒濤の勢いで目覚ましく復興する、混乱期の真っ最中でした。真一が生まれ育ったのは札幌市です。当時は人口も十八万人くらいで、高い建物といえば路面の市電が走っていた南一条通りに面した七階建ての三越か、地元では「丸井さん」という愛称で呼ばれた今井丸井百貨店くらいなものでした。

毎年二月初旬に開催される雪と氷の祭典といわれる雪祭りは年々大々的になり、今では三日間で百万とも二百万人とも数えられる観光客で賑わっていますが、真一の知っている雪祭りはとても悲惨なものでした。

真一が両親と一緒に大通り公園内に設営された雪祭り会場のオープニングセレモニーを見物したときのことでした。弓や矢、槍を手に持ち、大勢のアイヌの人たちが、薪を高く積んで燃やした広場を囲んで踊り回り、祭りの雰囲気を盛り上げていました。かがり火のそばに立てられていた太い柱には小熊が一頭鎖で繋がれていました。

その踊りが終わったときでした。アイヌ民族の人たちの持っていた弓から矢が一斉に放たれたのです。鎖に繋がれた小熊は敵に威嚇の声を上げて吠えていましたが、すぐに倒されました。その光景を見た真一は父の後ろに隠れ、見物客も悲鳴を上げていました。しかし、動物愛護団体から厳しい非難を受け、三年目からはなくなったようです。それでも、真一は毎年この時期になると必ずそのことを思い出すのでした。

札幌市は、京都に似せて作られ、東西南北に百メートル幅の碁盤の目のように区画された美しい街です。東は工場地域、西は公務員や一流企業に勤める人たちの住宅地域、南は一般的な住宅と商業地域、そして北はクラーク博士と北海道大学に代表されるポプラ並木の学園地域と分布されていました。そして大通り公園を中心に南北に一条二条と呼び、東西に一丁目二丁目と表示されていました。

冬季オリンピック・スキージャンプ台が設置されていた手稲山、プロ野球の開催される円山球場、そして北海道神宮や動物園は市の西側にあります。東京の世田谷のような高級住宅地でした。

当時の飲み屋街薄野は、市の臍《へそ》にあたる大通り公園から南の位置の南四条から七条あたり、市の中心を流れる、鮭が産卵に上ってくる豊平川から西の西三丁目から六丁目までの奥行き四百メートル、幅五百メートルの間にありました。

真一が生まれ、一時期を過ごしていた町は薄野からタクシーでワンメーター、徒歩で十分くらいのところで、準商業地域的な環境の中にありました。真一がほかの子供たちとかくれんぼをして遊んだ場所は、三味線を弾く音や小唄や長唄の稽古をする芸者の姉さんたちの声がきこえてくる粋な黒板塀の長屋でした。

真一の父は中学を卒業後、この北海道経済の中心都市にあった工業薬品問屋で丁稚《でっち》小僧として年季働きし、三十代半ばで若くして暖簾《のれん》分けを許され独立しました。

真一はそんな家の長男として生まれ、小学三年生まで何不自由のない生活を送りました。しかしその幸せもあまり長くは続きませんでした。

昭和二十年代と言えば、壊れかけた真空管ラジオか新聞でしか情報が入ってこない、閉ざされた時代でした。真一も、父から聞く話か学校の先生の話以外情報はなく、目で見える範囲でしか物事の判断ができなかったのです。その真一と家族に音もなく不幸が迫っていたのです。

敗戦後の復興景気で砂糖や塩などの生活必需品は不足し、砂糖の代用品として工業薬品のサッカリンやアルコールが高値で飛ぶように売れた時代でした。目先が人一倍利いた父はいち早く資金を借り集めると、東京神田の闇市場へ乗り込み、これはと思う商品を見つけては札束を叩き付け、品々を買い集めました。そして、貨物貨車を借り切り、親戚、友人知人宅へと何箇所にも分散しておいて、それから北海道各地へ送ったのでした。

終戦からしばらくの期間、連合軍はＧＨＱの指示による物品統制の時代でした。闇市で買い込んだ商品を高値で残らず売って、莫大な利益を上げた父は有頂天になり、大勢の取り巻きを引き連れ毎夜花柳界へ繰り出し遊び歩き、挙句の果てには愛人を囲い、殆ど家には帰りませんでした。派手に金を使っていた父のところには、その金を目当てに寄ってくる遠い親戚や知人、儲け話を持ちかけてくる胡散臭《うさんくさ》い連中が集まってきました。持ちなれない大金を掴み、遊びで眼鏡が曇ってしまった父はそんな連中に請われるまま、惜しげもなく大金を貸したり渡したりしたのでした。父が気づいたときには、いつも周りにいた取り巻きの姿が消え、残っていたのは一人の愛人だけでした。

当時の真一の家は、工業薬品問屋を兼ねていたので、地域でも割と大きな家屋で、自宅の敷地内には倉庫用に白壁の大きな土蔵が一棟ありました。商売が順調に繁盛していた頃には、従業員さんや丁稚小僧さんや女中さんたちが忙しく働いていました。元旦には当時では主流の国産貨物自動車の黒がね三輪車に初荷の商品を満載し、のぼりの旗を何本も立て意気揚々と初荷売り出しに出かける父たちを、母と一緒に頼もしく見送っていたものでした。

しかし、それも束の間のことでした。裸同然の一文無しになった父は、時々家に戻ってくると、それまでじっと家を守っていた母を叩き、髪を掴んで引きずりまわし、台所の食器棚から化粧皿の入った箱や家庭用品を床へ叩き落とす乱暴な人間に変わっていたのでした。

その当時、どんな事情があったのか、なぜ父は母に乱暴をするのか、幼い真一に理由がわかりませんでした。小学校から帰ってくると真一は、毎日夫婦喧嘩を目撃しました。時々帰ってきては暴れ、怒鳴り声を出す父の大声を耳にするたびに、自分も叱られているような気持ちになったのです。身をすくめ、慌てて物陰に隠れ、震えながら大好きな母の安否を気づかい、家の中をそっと見ていました。

やがて、家は借金の形に取られ、住む所もなくなりました。母に手を引かれ、それまで家に出入りしていた豆腐屋さんの一室に移りました。

母を真ん中に左右に並んで、兄弟三人が肩を寄せ合って寝ていたある夜中、酒の臭いをさせた赤鬼のような父が突然姿を現し、部屋に乱入してきたのです。父は異常な雰囲気と物音を感じ泣き声を上げる赤ん坊の妹を抱きしめる母のそばで、寝ていた真一と弟を強引に起こすと、外に停めていたオンボロ自転車の前後に乗せ、夜道を走り、住宅地にある一軒の小さな家に連れて行ったのでした。

真一たちが連れて行かれたその家には、色の白い少し太ったおばさんが待っていました。突然のハプニングの連続で幼い真一には何が起きているのか、状況がまったくわかりません。しばらくしてから居間の板の間に座らせられていた真一に、泥酔気味の父が言ったのは、真一が想像もしていなかった言葉でした。それを聞かされた真一は驚き、鳥肌が立つような震えがきたのでした。

「真一、今日から、この人が母さんだ」

真一の目の前に座っている初対面のおばさんを、いきなり「お母さん」と呼べと言うのです。真一の頭の中は何も考えられないような空白状態でしたが、それでも真一は負けずに頑張り、「このおばさんは、お母さんなんかじゃない」と、世の中で一番恐い父の言葉を必死に否定したのです。

泥酔した父は真一の苦しい気持ちなど一切お構いなしに、「お母さんと言え」と遅くまで真一を叱り続けたのです。無情な言葉が悲しく真一を襲います。そのうえ、硬い板の間が真一の足を痛めつけました。そばにはいつも真一を守ってくれていた母の姿はありません。そして、助けを求めるようにおばさんに目を向けましたが、お茶を飲んでいて気がつかないふりをされ、足の痛みと恐さで泣いている真一は助けてもらえなかったのです。

どのくらい経っていたのか、あまりにも苦しく辛いので、「お母さん」と呼ぼうと思いもするのでしたが、何回挑戦しても「お母さん」とは言えず、「おか、おか、おか」としか言葉に出てきませんでした。強い拒否感が「お母さん」と呼ぶことを意識的に遮り、発声を拒否していたのです。

しかし、一緒に連れてこられた四歳下の弟は何の躊躇もなく、初対面のおばさんを父に言われるままに、「お母さん」と呼び、「良い子だ」と頭を撫でられ、すでに二階で寝ていたのです。しかし、数時間前には、最愛の母と妹と一緒に寝ていた真一には、その言葉は口が裂けても絶対にできない呼び方だったのです。酔った父は、ストーブの横に置いてあった石炭の燃えカス落とし用の細長い火掻き鉄棒を摑むと、自分に従わない真一の頭や背中を夜遅くまで殴り続けたのです。なぜそこまで執拗に言わせようとしていたのか、殴られた九歳の真一にはわからないことでした。

初日は精一杯に抵抗した真一でしたが、その翌日の夜には生も根も尽き果て、耳を澄まさなくては聞こえないような小さな声で、泣きながら途切れ途切れにおばさんに向かって仕方なく「お母さん」と呼んだのです。子供心にこのことは大変な屈辱でした。母から強引に引き裂かれた真一にとって、辛い日々の始まりでした。真一のそばにいるのは父に懐き甘えている、頼りにならない四歳下の弟だけでした。

半年くらい前までは、父は真一にとって怖い存在でしたが、時々優しい顔を見せてくれていたので、決して嫌いではありませんでした。しかし、この夜以来気に入らないことがあると、父は二階に寝ている真一を呼びつけ、突然起こされて呆然としている真一に怒りをぶつけ、挙句の果てには火掻き棒や手近の本や、硬い木で作られた算盤で殴り続けたのです。真一はそんな父を憎み続けました。

そんな境遇にいた真一たち兄弟に、容赦なくまた次の災難が襲ってきたのです。

半年後、真一たちが住んでいた小さな家に、お婆さんと真一兄弟とまったく同じ学年の姉妹の三人が引っ越してきました。その人たちは「新しいお母さん」の家族でした。この引っ越しは父も納得していたことなのかどうかはわかりませんが、父にとって計算違いの奇襲行動ではなかったかと、真一は今でも思っているのです。

二階の部屋は天井の低い六畳と、階段上がり場兼用の四畳の二間でした。六畳間は三人が来るまで真一たちが使っていましたが、この日以来、階段上がり場の物入れだった所が真一たちの寝床になりました。

それでもはじめの頃は優しそうに接してくれていたお婆さんでしたが、すぐに意地の悪いその正体を見せはじめました。元気の良い男の子が嫌いだったのかどうか真一にはわかりませんでしたが、全員が食事をするとき、真一と弟は皆と一緒の食卓テーブルではなく、隣に並べられた小さな折り畳み食卓でした。大きいテーブルの中央にはおかずが置かれていますが、そのおかずを取る真一たちの取り皿の色はなぜか違っていました。食事が終わり、台所へ食器が下げられます。下げた食器を漬ける金属ボールも別々でした。子供心にも真一は嫌な思いをしましたが、父も継母も見て見ぬふりをしていたのです。

真一にはどこまでも苦難が続きましたが、嫌なことも頻繁に続けば、後は悲しい習性で、あまり気にならなくなってしまうのです。真一が移り住んだ南十条の家の向かい側には、商店が二百メートル近く並んだ市場がありました。まもなく友人たちが、失業していた父をこのままにしておくのはもったいないと資金を持ち寄り、父はそれを元手に、自宅の市場側の部屋を取り壊し、店舗にして、小さな薬局を開業したのです。

父も目的を持つことで元気を取り戻しましたが、彼はなぜかいつまでも継母に馴染まない真一に辛く当たり続けました。ある程度のことは判断できる年齢になった真一が父を見るその寂しげな視線が、父としても耐えられなかったのかもしれません。一方では、人生のやり直しで張り合いが生まれ、死にもの狂いで働いていましたが、始めたばかりで信用もないのは当然です。店の売上げは少なく、それをカバーするために、注文取りをしては配達をして、商売にしていたのでした。

真一は配達要員でしたから、放課後遊んで帰ることはあまりありませんでした。学校から帰ると、勉強よりも先に配達の手伝いをしなくてはならなかったからです。手に持てる物なら簡単で楽なのですが、いつもそうとは限りません。小学六年生の頃になると、大人用の自転車の荷台に自分の背より高く積まれた塩酸の重い瓶の大箱を、家から数キロ離れた市内のお得意さんへ、父親のかわりに配達させられることがよくありました。人手不足の家では手伝いは当然でしたが、真一は立派な配達要員にされていたのでした。家には同年齢の義理の姉妹はいましたが、手伝うことはなく、真冬の激しく雪が吹きつける時も、暖かいストーブのそばで苦労を知らずに過ごしていたのです。だからと言って真一は彼女たちを恨んだり嫉んだことは一度もありませんでした。

父が真一に温かい言葉をかけることはありませんでした。それればかりか成績が悪いと言っては「勉強をサボっているからだ」と叱られる始末です。理屈に合わないことだらけでした。この家に来てから楽しいことなどほとんどなく、いつも孤立した状態でしたから、腹の底から声を出して笑うことがなくなっていました。

札幌の北の玄関、札幌駅前の北五条通りを直線的に南へ二キロ近く直進した突き当たり正面に、道幅の広い南九条通りがあります。そこには、ボートが浮かぶ大きな池のある市民の憩いの場、中島公園があり、その隣に、真一が通学した市立N中学校がありました。休憩時間になると教室から廊下へ出て、満々と水を蓄えた池や公園を見るのが、真一にとって心の安らぎを覚えるひと時でした。のちに、真一が上京してから数年経ったころ、札幌市内を一望できる展望台やロープウェイがある藻岩山に近い山鼻といわれた地域に移転しました。そして、札幌経済界の熱い要請を受けて東京から進出する本格的なホテルの建設用地として、思い出深い学校も取り壊されることになります。

中学時代の真一は同級生に比べ、背が低く小柄でした。全校朝礼のとき、前には校長先生をはじめほかの先生たちも整列していて、その視線が恐かった真一は先頭に立つことが何より嫌いでした。自分より少し背の低い同級生が休みがちだったため、真一は先生から直接見える先頭になることが多かったのです。

同級生からは苛《いじ》めの対象になりがちでした。小中高と苛められた体験をした真一には、苛めや差別は、される側にも格別の被害を受けやすい雰囲気があったのではないかと思えるのです。しかし、苛めや差別の対象者にとっては死にたくなるような悲しく辛い日々です。苛めの対象になる例としては、いつも周囲の目を気にしたり、人目を避ける逃げ腰とか、服の着かたがだらしがなかったり、気の弱そうな表情、貧弱に見える体型、試験成績などがあげられます。とにかく弱点があると、めざとい同級生に見つけられ、意味もなく苛めの対象にされるのでした。

真一の成績は男女合わせて六十数人中、真ん中くらいで、顔立ちも他の男の子と比べ目立って劣った点もなく、あえて欠点を探すと、背丈が少し低いことと、一年中同じ学生服を着ていたことくらいでした。悪ガキたちから苛めの対象にされたのは、本人にはわからない「落ち度」がきっとあったのです。現代でも相変わらず新聞・テレビで報じられている悲劇は、苛められる人が徐々に追い込まれていった結果です。いつも苛めにあっている子供は、誰かが自分のことに気がつき、救ってくれることを待ち望んでいるのです。しかし、実の親にも頼れず、先生の助けもないと思い込んだ子供は悲観のあまり、死を選ぶのだと思われます。被害者の周囲の人たちは、悲惨な事件のインタビューに際し、決まりきったように、「なぜ早く相談してくれなかったのだろうか」とか、「もっと早く気がついていたら……」と涙して、自己弁護的な談話をしますが、それは子供の気持ちを真剣に理解しようとしたことのない、無責任な言動ではないでしょうか。

真一は一度、道具置き場の片隅に丸めて立てかけてあった一本の運動マットの隙間に頭を下にした状態で落とされ、死ぬ思いを体験したことがありました。突き落とされた時は、すぐにも足を持ち上げてくれるものと思っていました。突き落とした当人たちも真一が自力で抜け出してくると思っていたのでしょう。突き落とされて一、二分は意識もありました。恐怖で、もがき苦しみ足をバタバタと動かしても、その場に居合わせた子供たちにはその苦しみは伝わらなかったのです。突き落とした子供たちも、被害にあっている同級生が死ぬほど苦しい目にあっていることなどわかるはずもなく、逆さにしたことも忘れて遊び回っている声が、足元から聞こえていました。まもなく手足がまったく動かせなくなり、何も見えない暗闇の中で徐々に酸欠で意識が薄れ、このままでは死ぬと思いました。幸い誰かが気づき先生に通報し、間一髪救助されたのですが、死ぬも生きるも紙一重です。苛め問題の根は深く、偉い先生たちが考えるほど簡単ではないと思う真一でした。

真一は苛めを頻繁に受け、中学一年生のときは五、六人の同級生たちのかばん持ちを強制されました。昭和三十年代の札幌市内の中学校はどの学年も七百人前後でクラス平均六十人前後でした。生徒が多く、学校は教室不足の補充を移動教室でやりくりしていたのです。N中学校は向き合うように「コ」の字型に作られていて、「コ」の字の中央部分が、野球とソフトボールが同時にできるほど広い、土の総合グラウンドでした。そして科目によっては週に数回、学校の端の教室から反対側の端の教室まで、次の授業が始まるまでに移動しなくてはならなかったのです。

長い廊下を重いかばんを持って移動することは面倒でした。誰も皆同じように「また移動か」と思う、最も嫌な時間帯でした。学校給食などあるはずもなく、その上、まだ食料不足でしたから弁当の中身は軽く、ほとんど全員がいつも空きっ腹でした。発育盛りの子供たちがひもじい思いをした時代でした。

かばんを投げつけられた真一は我慢して運びました。時には七、八人のかばんを何百メートルも背負ったり抱えて移動しなくてはならなかったのです。肩に食い込むような痛さに耐え、校舎の中間にある体育館を通過する頃、運動場では真一にかばんを押し付けた同級生たちが夢中で遊んでいました。

卒業間近まで辛い苛めを受けた中学校の三年間でした。このことは今でも真一の脳裏に焼きつき、現在でも相変わらず発生している事件を伝える報道を見るたびに思い出されるのでした。苛めを見ても、女の同級生も男の同級生も、連中を恐れ、先生に通報をしてくれなかったのです。何より、一番の被害者であった真一自身が、一度も先生に助けを求めなかったのでした。被害を訴えることにためらいがありました。今日の社会においても、様々な苛めや差別を受けた幼い子供たちが、大事な命を絶ってゆく記事を目にします。苛めと差別の中で真一も死にたいと思いましたが、母との別れから始まった不幸な家庭生活で、耐えるということがいつの間にか身についていたのでしょうか、それが真一を我慢強い性格にしていたのです。

男子だけの商業高校に補欠同然で入学した頃から、真一の身長は急激に伸びはじめました。一年生のある日のことでした。上級生から体育館の裏の道具置き場へ呼び出しがかかりました。呼び出される理由もないのに、上級生は真一を強引に連れ出したのです。呼び出し理由は「態度が大きい」ということでしたが、真一にはまったく覚えのないことでした。その頃の真一は通学路を歩く時も、他の男子校の生徒から因縁をつけられないように、帽子の曲がりにもいつも気をつけているような気の弱い生徒でした。ですから、それはまったくの言いがかりでした。弱者へ難癖をつける遊びだったのです。

そして周囲を上級生たちに囲まれ、体格の良い番長格の上級生から、真一の前にいた上級生と、「見ている前で堂々と戦え」と言われたのです。真一は逃げられる状態ではないと判断して覚悟を決めました。ルールは時間制限でしたが、勝負が始まると簡単に終わりました。自分から喧嘩などしたこともなく、殴られても、人を殴ったことのなかった真一が、無我夢中で腕を出したら運良く相手に当たり、一撃で倒していたのです。あっという間の決着に、真一を囲んでいた上級生たちはしばらく唖然としていました。流れは変わり、その日のうちに七百人がいた男子高の番長グループの一人に格上げさせられたのでした。そして二年生の頃には札幌市内に七、八校あった男子高校の間で、真一の名前は知れ渡っていたほどでした。

通学していた商業高校は、男子高の中で学力は中程度でした。しかし、他校の悪ガキの間では名の通った高校になっていました。飲み屋の多い薄野の繁華街や商店街で同級生たちが恐喝にあっても、真一の通っている高校の生徒だとわかると、急に態度が変わり、取り上げた小遣い銭や腕時計を返し、「悪かったな、内緒にしてくれ」と言われ、難を逃れた同級生たちが何人もいたのです。それは真一の関知しないところで、話が大袈裟に伝わっていたからでした。真一の名前や怒りを恐れたのです。

冬のある日、双方合わせ二十人くらいの不良学生が札幌駅の路地裏で、面子と意地の張り合いで大喧嘩ということがありました。その時は大袈裟になることを避けて、双方一対一の勝負でしたが、そのことでさえ、いつの間にか真一が一人で片をつけたような話になっていたのでした。

また全国野球大会で常連のマンモス校のH高校やその兄弟校であるS高校の番長たちが、真一たちを痛めつけるため、学校へ大挙して押しかけてくるらしいという話が伝わったことがありました。創立以来の騒動になり、生徒指導の先生たちは他校の教諭に応援を要請し、学校の周辺を警戒しました。そのころ真一をはじめ、上級生の総番長や仲間たちも彼らを迎え撃つ用意をしていました。教室の片隅で新聞紙に包んできた木刀、鞄の底に入れていた自転車のチェーンやアメリカ軍の兵隊から入手した飛び出しナイフを用意していたのです。しかし、相手は途中で引き返し、事件にならず、命拾いをしたことがありました。しかし、大騒動を引き起こしたことで番長グループ全員が一週間の停学処分を受けました。

札幌にはいつも客で賑わっていた商店街がありました。大通り公園と繁華街薄野の中間の南二条通りに所在する、東は土産市場二条市場向かいの一丁目から西は十丁目までの長い商店街でした。有名な定山渓温泉に繋がる石山通りまで横一キロもあり、地元では「狸小路商店街」と親しまれていました。狸小路四丁目に大きな音楽喫茶があり、いつの頃からかその喫茶店が市内の不良学生たちの巣になっていました。誰の関係でそこに行ったのか、真一は高校二年の分際で年上の不良たちと同格でグループの中央に座っていたのです。その頃の真一はなぜか自棄になっていたのでした。人相も目つきも悪く繁華街に出て行き、他の不良グループやツッパリを探し、喧嘩を売って憂さを晴らしていたのです。

そんな真一でしたが、たった一つ信念を持って、あることを守り通していました。女や老人や弱い者に対し手を出さないことでした。とくに身体障害者を見て笑う者を見るとなぜか黙っていられず、それがたとえ仲間であっても決して許さなかったのです。

薄野の飲み屋街で酒に酔い、大声を出し騒いでいる大人たちが、彼らを避けて歩いている通行人に難癖をつけているのを見ると、真一は酔っ払いたちのそばへ行き、一言も言葉を発さず、正面から一気に殴り倒していたのでした。気が狂ったように暴れる真一を、仲間たちは、「真一は普通じゃないよ。酔っ払いと喧嘩をしても一円にもならないのに」と言いました。理解できない行動に「何を考えているのかわからない」と気味悪がられていたのです。いつも冷めた目で世間を見、心の支えになってくれるような頼れる人もおらず、「俺は天涯孤独なんだ、どうなっても泣いてくれる人はいないんだ」と自棄を起こしていたのでした。

そんな気持ちで毎日を過ごし、喧嘩をするときはいつでも捨て身でした。真一は無敗でした。真一には喧嘩に対する身のこなしが生まれつき備わっていたのかもしれません。毎日のように盛り場で憂さ晴らしの喧嘩をしても、心の中まで晴れず、空しさだけがいつもありました。人を寄せつけないような雰囲気を漂わす不気味な真一でしたが、胸の中にはいつも優しい母が存在していました。いつも幼いときに別れた母に会いたいと思っていましたが、父から母の連絡先や住所も聞けず、行方はずっと知ることができませんでした。母が書いた真一宛ての手紙を、父は真一に見せることなく全部破り捨てていたのです。

現在なら苦労することなく連絡がとれて、母や妹と再会ができたのでしょうが、当時遠方からの連絡はそう簡単なことではなかったのです。優しい母への思いだけが残り、母の愛に飢え、母と同じような匂いのする女性を知らず知らずのうちに探し求めていたのでした。

喧嘩には滅法強い真一の唯一の苦手は、女性でした。しかし、人を刺すような目つきは気味悪がられ、恋は実らず、いつも片想いの振られ役でした。それでもそんな真一に「好きです。交際して下さい」と言いに来る勇気ある他校の女子生徒もいましたが、真一はいざとなると対応が苦手で、いつも逃げ出していました。そんな純情な心が残っていた真一の青春時代でした。

## 三　家庭の団欒

停学処分を二回受けた札付きの真一でしたが、面倒見がよい教頭先生のはからいで、卒業式の済んだ数日後学校へ呼ばれ、校長室で卒業証書を授与して貰いました。普通に卒業しても満足な就職口などない時代でしたから、札付きの真一が就職できるはずもなく、やくざの先輩を訪ねたり、商店街の道端で香具師《やし》をしていた仲間たちとタムロして過ごしていました。

時々小遣いを貰いに帰る実家に行ったある日のこと、「お母さんが会いたがっている」と書いた手紙がありました。母から頼まれた叔父が、父とのトラブルを覚悟の上、真一を訪ねてきて、置いていったのです。従順な子供の時と違って、その頃は逆に父からもてあまされていた真一でしたから、破棄されることもなく、母からの手紙を初めて読むことができました。手紙に書かれていた住所を訪ね、十年ぶりにやせ細った母と再会することができたのです。

いつも会いたいと想っていた母の姿でした。彼にはとても長い年月でした。母は目の前に立っている大きくなった真一を抱きしめ、妹や親戚が待っている伯母さんの家に一緒に行こうと誘いました。断る理由もなく、妹や皆にも少しでも早く会いたい気持ちでしたから、二人は後日札幌駅での待ち合わせ時間を決めました。

数日後、駅の構内で母と再会した強面《こわもて》の真一は、小さく丸まった母の背中を見ながら、借りてきた猫のように後ろからついてホームを歩きました。当時の北海道にはディーゼル機関車はあまりなく、まだ蒸気機関車が主流でした。石炭を燃やし、黒い煙を出して走る蒸気機関車が牽引する列車に乗り、札幌から一時間ほど南へ走ると、町全体が製紙工場とその関係会社で成り立っている苫小牧市に入ります。そこを通過し、小さな幌別町駅で下車。歩いて町営アパートに向かいました。そしてとうとう、赤ん坊の時に別れた妹と十年ぶりの再会ができたのです。

田舎町の小さなアパートの部屋には母の姉をはじめ、初対面の従兄弟たちも集まっていました。皆も真一に会うのを楽しみにしていたのです。母には姉が二人と弟が二人いるということも伯母から聞いて初めて知りました。それから母の姉二人は、揃って学校の先生と結婚していたことも聞かされました。もしかしたら、母も同じように教職者と結婚していたかもしれなかった、と。母は、教師と結婚して広い道内をあちこち転勤する姉たちを見て、転勤のない職業の人を探したのだと、若かった結婚前の昔を思い出し、伯母と真一に聞かせてくれました。結果だけを比べれば、安定した伯母たちの生活のほうが遥かに羨ましいように思えましたが、母は父との結婚が失敗だったとは決して口に出しませんでした。

一番上の伯母は、行き場のなくなった母と妹を呼び寄せてくれたのです。母に安定した就職が見つかるまでの間、代わって幼い妹を育ててくれた恩人でした。親切な彼女は、真一との再会を我が子とのことのように喜び、涙を流してくれました。十年前の真夜中、強引に引き剥がされて以来、母が苦労してきたこと、別れた二人の子供の様子を案じ、叔父と一緒に何回も「二人に会わせて欲しい」と訪ねていたこと、しかしそのたびに父に拒絶され、泣く泣く帰ってきたことも聞かされました。子供の様子がどうしても知りたくて、もしかしたら出会うことがあるかもしれないと札幌市内の料理屋で下働きをしていたことも、伯母の口から聞かせてもらったのです。そして最後に伯母から聞かされた言葉が、真一の胸を突き刺しました。

「あんたのお母さんは毎日、新聞を見て真ちゃんのことが載っていないかと心配していたのよ」

幼い頃不幸にして別れた真一が、どんな生き方をしているか想像がついていたかのような話でした。その夜は尊敬する校長先生の叔父も仕事を終えた足で狭い伯母の家に来て、真一との再会を祝ってくれました。一人ぼっちの真一がずっと探し求めてきた、温かい血の通った家庭の団欒のひと時だったのです。

真一がグレはじめたときの仲間に、なぜか気が合う、遊びも喧嘩もいつでも一緒で実の兄弟のような付き合いをしていたPがいました。Pは市内でも大学合格率の高いことで有名だったN高校の三年でした。N高といえば、普通でいれば北の名門北大や東大も目指せる秀才な生徒が集まるところです。

どうして不良仲間に入ったのか、その辺の事情については一切口を閉ざしていましたが、ある日の夕方、Pから、「真一、ちょっと付き合ってくれ」と頼まれ、彼の家に一緒に行ったことがありました。Pの実家は市内の中心地大通り公園に近く、環境の良い地区にあった平屋の公務員住宅でした。この地域は公園のように広い敷地の知事公邸があったり、一流企業の社宅や公務員関係者が住む住宅地の一角でした。誰が公務員だったか知りませんが、間数も少なく狭い家に、兄弟や妹、そして両親と六人で住んでいたようで、彼は兄弟中三男でした。優しそうな彼のお母さんに勧められ、夕食をご馳走してもらうことになりました。細長いテーブルの周りに皆が座ると、食事を前にしてお父さんが何やらお祈りを始めたのです。彼の家はキリスト教を信仰していたのです。真一は少し慌てましたが、皆と同じように手を合わせ祈る真似をしました。

短い祈りが終わり、それぞれが食卓テーブルに載っている料理に箸をつけ、食事が始まりました。初対面のいかつい顔をした真一の存在など気にすることなく、家族は談笑しながら食べていました。食卓の上は、真一が家で食べている料理と比べ、お世辞にも豪華とは言えない料理ばかりで、真一の好きな肉はなく野菜中心の料理でしたが、真一が何よりも感動したのは、家族が一つになって楽しそうに食事をしていることでした。

真一の住んでいる家ではまったく見たことのなかった温かさを感じる光景に、真一は胸を衝かれ、食事中に思わず涙を流してしまいました。本当に羨ましい雰囲気でした。この光景が家庭の団欒というものなのだということは後で知りました。

それにしてもこれだけ幸せに見える家庭のどこが不満でグレていたのか、そのことについてはP自身も一度も触れたこともなかったし、兄弟のように付き合っていた真一も余計なことは聞かずにいたので、真実は今もってわかりません。その後、Pは優れた能力を学問に使うことなく、チャンスを投げ捨て、敢えて茨の道を選択したのです。真一とPとの付き合いは成人後も十年以上続きました。当時の真一は彼が借りたアパートに遠慮なく毎日寝泊まりしていました。あまりにも平凡過ぎる家庭に若いPは満足しきれず、究極の変化を求めてしまったのでしょうか。

みんな鼻つまみのどうしようもない不良たちでしたが、一人ひとりと話し合うと根は気のいい連中でした。そして共通していたのは、自分たちの家庭については一様に口を閉ざしていたことでした。手のつけられないワルたちでしたが、みんなの心の中ではいつも母や妹弟のことを思っていたのです。それがわかっていても、家に戻ることのできない辛さを抱えていたのでした。真一も同じ立場だから、仲間だけを信用し、互いの持つ痛みを感じ、傷を舐め合っていたのです。それぞれの家庭の事情や、悩みを持った者同士が体を寄せ合い生きていた彼らと、ただ憂さ晴らしのために警察と追いかけっこをしている甘えん坊が集まる暴走族とは根本的に違っていたのです。

叔父の働きで十年ぶりに母と妹と再会ができたのですが、真一は悩んでいました。この頃は北海道の各地に縄張りを持っていた地元の組織にとって、一大事件が勃発する寸前の時期でした。神戸に本部を持つ大組織が全国制覇を目指し、昭和史に名を残した大親分の大号令のもと、全国の大都市に進出を図っていたのです。やがて北海道の発展に着目すると、青函連絡船や飛行機で大勢の組員を送り込みました。それまで平穏だった空気が破られはじめていた時期だったのです。

そのため、道内や札幌市に昔から存在していた十数組の地元組織と本州から送り込まれた喧嘩慣れした命知らずの連中は、闇にまぎれて飲み屋街で争い事を起こし、挑発行為を繰り返していました。それはまさに一触即発の日々だったのです。抗争準備の時には、日頃から面倒を見てくれていた組関係に真一たち不良グループも引き込まれていて、下っ端だった真一らにもいつ危険な指示が下るかわからない状態でした。実際には莫大な資金力と圧倒的な組織力を前に、日々の平穏に慣らされていた地元組織はほとんど無力状態で、映画で見るような激しい争いもなく制圧されたのでした。激しい大喧嘩はなかったものの、我が物顔で闊歩している勝ち組の尖兵たちと、地元の若いものたちとの間で、小さな小競り合いは夜昼に関係なく毎日起きていたのです。

母や妹との再会前は、自分を世の中の誰よりも不幸な男だと思い、命を張る喧嘩になんの戸惑いも見せず、わざわざ出向いていった、そんな向こう見ずな真一でしたが、母と再会した頃から、なぜか少しずつ不安を肌で感じるようになっていました。死ということに少しの恐れも感じなかった真一も、人の温かさや優しさを身近に感じたことから、微妙に変化が表れはじめていたのでした。

エルビス・プレスリーの曲が、鼓膜が破れんばかりの音量でギター演奏されていました。若い男女が大勢集まる薄野の中心地のダンスホールは、当時禁制の洋モク（外国タバコ）を高値で売っていた真一たちの収入源であり、縄張りでした。そのホールへ毎日のように顔を出し、踊っていた向こうっ気の強そうな男がいました。互いのどこが気に入ったのか、真一とは衝突することなく、いつの間にか人前で「兄弟」と呼び合う仲になっていました。その威勢のいい男が売り出し中のHでした。

Hと真一の二人が連れ立って夜の街を歩くと、先輩格の兄貴連中も眉をひそめて一目を置くくらい威勢が良く見えたものでした。そんなHが本土から進出してきた尖兵たちと、真一が知らない場所で争いを起こしていたのです。ある夜、盛り場で反目していた十人近い尖兵とHが出会い、睨み合いの末大立ち回りになりました。しかし、多勢に無勢の喧嘩で、Hはその場であえなく若い命を落としてしまったのです。

そんな事件が起きていたとも知らず、真一は気の合う他の仲間たちと現場からあまり離れていない飲み屋にいたのです。悲劇を後で知り、その場に駆けつけられなかったことを真一は悔やみ、夜も眠れないときがありました。しかしこの事件以来、何か以前にはなかった寒気を身体で感じるようになったのです。

兄弟以上の関係だったHの突然の死は、真一に大変なショックを与えました。この頃を境にして彼は自分自身の気持ちが、僅かながら変化しているのを感じはじめました。今まで一度も感じたことのなかった恐怖感がわいてきたのです。とはいっても周囲の目が気になり、決して弱気な顔を見せたりできませんでした。背中を見せて逃げ出すようなことは、意地や見栄が邪魔してできません。このときの真一は命をかけて戦う本来の戦士ではなくなっていたのです。戦うことが怖いとは思いませんでしたが、「死んでもいい」というような捨て鉢な考えはいつのまにか捨てていたのです。

このままだといずれは大事件に巻き込まれ、新聞の三面記事に載り、それを見た母や妹や親戚たちを嘆き悲しませることに必ずなる。それだけは避けなければならないと考えるようになっていたのです。真一は組が解散状態に追い込まれたのを機会に東京の地を踏んでいる知人を頼って、故郷を去ることにしました。母たちの眼が届かない東京へ向かったのでした。

# 四　定年前

あれから三十数年。真一は当年五十八歳、一昨年、社内の規定により役職定年を迎え、現在は後進の指導役という立場で時々サポート依頼の声がかかるサラリーマンでした。しかし、その真一も定年まで一年半残すだけの日々です。現役時代は休日もほとんど家にいることが少なく、従って家族との団欒もほとんどなく、お世辞にも家庭的な責任を果たしている父親とは言えませんでした。一家の主人役や父親としての責任を放棄して、入社以来当然のように「奉公が一番」と働き続けてきた、それがこれまでの真一のサラリーマン人生でした。

真一がこの会社に入社できたのはある人のお陰でした。真一には二十代半ばまで、かなりすさんだ生活を送っていた時期がありましたが、ある人の世話で先代の社長に出会うことになり、それが縁で予想もしていなかった入社をさせてもらったという経緯があったのです。自慢できるような学歴も職歴もない真一のどこを気に入ったものか、社長の鶴の一声で裏口入学ならぬ、裏口入社をしたのです。

昭和四十年代半ばの日本経済は右肩上がりで、真一が勤めはじめた会社も時代に沿った販売体制の見直しを余儀なくされました。販売地域を変更される一部の販売店の間では、感情的な問題が発生していたのでした。「長年の取り引き先が奪われる」と思った地区の経営者と本社営業担当者との軋轢《あつれき》でした。そんな状況の中、真一に与えられた最初の仕事は、社長を警護するかばん持ちという役でした。実際にはありませんでしたが、「関西から東京へ刺客が向かった」という物騒な情報も入り、そのため、外出時は風呂敷に包んだ鉄板を小脇に抱え、老社長のそばを片時も離れませんでした。もしも、今は亡き社長との出会いがなかったなら、横道にそれたまま這い上がれない暗闇の世界へはまっていたかもしれなかったのです。そんな彼をすんでのところで拾い上げてくれた、恩人の社長への思いが真一の胸にはありました。

躾《しつけ》や礼儀作法に厳しい明治生まれで、常に質素で自身に厳格に生きてきた社長でした。若い頃から禅に帰依し造詣を深め、お坊さんのような雰囲気を持った彼に、真一は身を粉にして仕えました。自宅の狭い居間には、大恩ある社長が亡くなる一年前、社長室で直接手渡してくれた色紙が高く掲げてあります。禅道に深く帰依していた社長が真一宛てに書いた色紙には墨痕宜しく、「日々是れ道場、小野兄」と書かれてありました。「毎日毎日が勉強の場ですよ」と言われているような、励みになる言葉でした。若輩者の真一へ心温まる励ましの色紙をくれたあたたかな思いやりの心に打たれ、涙がこぼれるほど感動した真一はその時、「家宝に致します」

と深々と頭を下げ、退室したのでした。それから二十五年、本当に早い月日の通過でした。

それにしてもバブル崩壊後の現実の社会は、考えられないくらいの泥沼状態で、底が見えぬ厳しい不況が続き、将来を思うと不安になりました。行き帰りの電車内や人の行き交う町で同年代のサラリーマンを知らぬうちに見てしまうのです。背中を丸めた姿や、項垂れて下を見ながら歩く、意気消沈気味の中年の姿の多いことに改めて気がついて驚かされました。

真一はこれから残された自分自身の人生について、自分なりの結論を出していました。「働くばかりが人生じゃない、これからは自分が楽しむことだ」と、自分に正直な答えを出していたのです。それは五十年以上も環境に合わせて仮面を被り続けてきた過去の自分と決別し、新しい青春に気力と精神力が続く限り挑戦をすることだったのです。真一はこれからの人生は自分中心の世界を、許される条件の中で楽しもうと決めました。真一はこのまま朽ち果てるのを悔しく思ったのです。神の恐れを知らぬ愚かな考えを持ったのは、黄昏族の仲間入りをしたばかりの、還暦まで一年余りの男でした。

## 五　東京駅八重洲口

前夜の、台風を思わせるような暴風雨は寝ている間に通り過ぎ、嘘のように静まりかえっていた熱海、錦ヶ浦の朝でした。真一は目を覚ますと、外の様子が気になり、寝ていたままの裸姿でベッドから降りると、海の見える窓側に向かって歩いていきました。閉め切られていた窓の前に立つと、閉じてあったカーテンを両手で静かに開けました。隙間から明るい光が目に入り、その眩しさに一瞬目がくらみながらも、そっと目を開け光のほうへ目を向けると、前方では水平線の空を赤く染めた太陽が、その全容を現そうとするところでした。真一は、「やったぜ！　神様ありがとう」と、心の中で思わず子供のような気持ちで叫びました。

今日は、ここからタクシーに乗って十五分くらいで行ける某カントリークラブで、二人だけでゴルフを楽しむ予定だったからです。もちろん、連れの女にとって本コースでのゴルフは初めてでしたが、真一はせっかくだからと自分勝手に判断し、「練習場とそう変わりはしないから」と嫌がる女を説き伏せ、この計画を立てたのでした。山と海に囲まれた梅雨の始まりの伊豆地方は、例年梅雨前線の影響を大きく受けて、当日にならなければ地元の人でも様子が読めないほど、不順な気候が続きます。真一と女が出かけようとしていた前日の熱海は、それを証明するかのような暴風雨で、突風混じりの大粒の雨は、予約した魚見崎高台のホテルの壁や窓に昼過ぎからずっと強く吹き続けていたのでした。

青山のオフィスにいた真一は時計を見ながら、「これから外で打ち合わせをするから」と同僚たちに言い残すと返事も聞かず、大股歩きでオフィスから飛び出し、青山一丁目交差点を東宮御所側に渡り、青山通りでタクシーを拾いました。

「東京駅、八重洲口をお願いします」

女と密かに落ち合う場所は、いわゆる「花金」で大勢の人が行き交う八重洲口の地下街、その入り口左側にある喫茶店でした。約束時間は五時でしたから、間に合うかどうかと気持ちは少し急いでいました。一緒に旅をする女は、赤坂の韓国クラブに勤めるアルバイト・ホステスで、その女と交際を始めて、来月七月でかれこれ二年の月日を迎えようとしていたのでした。

あっという間の出来事のように短く感じた交際期間でしたが、真一はここらあたりが二人にとって交際のけじめをつける節目の時期ではないかと思い、この日の熱海への旅行話を、いつもとなりに座っている女の耳もとに話しかけました。これまでの交際期間中にも、二人だけのドライブを兼ねた旅行は数回していましたが、いつも知人や会社関係者との偶然の出会いに対し意識的に警戒していたので、旅行した地域は北関東か東北方面が多く、西方面への新幹線での旅行は初めてでした。

二年前の五月に成田に降り立った彼女には、新幹線は見るのも乗るのも初めてでした。真一から話を聞くなり、周囲の目を憚《はばか》ることなく喜びを表し、まるで子供のようでした。女は、「花」という名前ですが、名前から連想させるように、昔の日本ではよく見かけた素朴さを感じさせるホステスでした。

二年前に来日したときは、日本語さえも満足に話せない不自由な状態でしたが、彼女が通う日本語専門学校の紹介で、新宿歌舞伎町の中華料理店で深夜まで店員をしていました。しかし、苛酷な労働と長い就労時間のわりには収入が少なく、これでは生活ができないと、彼女よりさきに来日して働いている先輩の助言で、人生で初めて、接客の世界へ足を踏み入れることになったのです。そして最初に勤めた赤坂の韓国クラブのベテランママが、彼女と最初に会った印象で簡単に名づけたのがこの源氏名でした。

彼女が働きはじめた七月に、真一は同郷の友人で手広く不動産業や多角経営をしている大川の頼みで、一緒に偶然にもその韓国クラブへ飲みに行ったのです。バブル華やかなりし頃は、毎月何十億円もの大金を動かし莫大な利益を上げ、わが世の春を謳歌していたのです。女優のように美人で娘のように歳の離れた女性と結婚し、毎日を銀座、赤坂、六本木と豪遊していた大川でしたが、この頃は旨味のある仕事が少なくなっていたらしく、以前毎日出かけていたクラブもご無沙汰で、この店にも随分足を向けていなかったようでした。「一人じゃ行きづらいので、小野ちゃん、一緒に頼む」ということになったのです。頼まれると断れない性格の真一を、昔から大川は誰よりもよく知っていました。また真一も、困った状況にならなくては自分の所へ電話一つもかけてこない、大川の性格を充分にわかっていたのですが、断る理由もなかったので、新橋の飲み屋で落ち合った後、赤坂へ来たのでした。

「栄枯盛衰」という言葉は、大川には悪いが彼にも該当しているかもしれないと、真一は思いました。真一と女は立場こそ違いますが、店では同じ新人でした。大川とボックス席に座ると、それまで店の片隅に陣取って待機していた十人近い店の女たち全員を連れたママが二人の真正面に座り、そして二人の周りを取り囲むようにホステスたちが席につくのを見計らって、彼女たちを一人ずつ、初来店の真一に紹介しました。

名前を呼ばれた女たちは、笑顔を作って挨拶をしてきました。新人ホステスは、ママから真一の隣に座るように言われていたらしく、彼の右どなりに座っていて、ママから紹介されると、先輩たちにならって頭を下げ挨拶をしました。緊張していたのか、ほとんど聞き取れないくらい小さな声でした。

しばらくして、真一たちの来店に釣られたように二組の客が入りました。周りにいた大勢の女たちもいつの間にか他のテーブル席に分散し、真一の隣には、彼女と新人らしいホステスが残り、硬い表情で座っていました。大川の左隣席にはベテランホステスがいて、この場を盛り上げようと努力していました。大川と歌ったり、時々真一に問いかけてきたり、何もしない新人たちに指示を与えていたのです。

店内がやっと賑わいを見せはじめた頃、他のテーブルの挨拶を終えたママがまた来て、真一との関係を大川に尋ねていましたが、「親友」と知るとどう思ったのか、やおら顔を真一に向け、「この子たちは来たばかりで、言葉もまだわかりませんが、今時の子には珍しく、地味でおとなしく真面目な子たちです」と言います。「これを機会に、面倒を見てあげてください」よく聞く台詞《せりふ》です。そして、「このユリは、二十一歳と店では一番若く、花も先月二十三歳になったばかりなんですよ」と、若い二人を紹介したのでした。

その後、真一は花と付き合いはじめ、彼女から外人登録証明書の書類を見せられたので、生年月日は覚えました。交際をはじめた頃の真一は五十六歳で、二十三歳の花とは、三十三歳という親子以上の年齢のひらきがあったのです。しかし、「遠くて近きは、男女の仲」と神代の昔から言われているように、二人の間には年齢の差ほどのぎこちなさもなく、二人は自然に親しみを深めていったのです。

花は中国国籍で、生まれ故郷は中国の首都北京から飛行機で一時間少しかかる東北部でした。十年前に若くして病死した中国人の父は貿易を商いとしていましたが、その父と韓国人の母から生まれ、二つの国の言葉を話すことができました。生まれ故郷での生活水準は中流らしく、故郷の中高学校では陸上部で、専門大学卒業後は幼稚園に勤務し、「大勢の子供たちの世話をしたり、幼い子供たちと一緒にいるのが好きでした」と保母時代を懐かしそうに話していました。その様子が真一には印象的でした。

八重洲駅地下の喫茶店では、約束の五時が過ぎても頼りの真一の姿が見えず、花は少し前から携帯をつかんでは、持ち直したりしていらつきを身体で表現しはじめていました。

その頃、真一が青山から乗ったタクシーは、夕暮れ時で少し渋滞気味の中をベテランドライバーの機転で上手に走り抜け、彼は約束時間にそれほど遅れずに八重洲に到着しました。真一は、料金を余分に払い、礼を言って車から降りると、花が首を長くして待っている八重洲地下の喫茶店に急ぎました。

店の奥で人目から隠れるように待っていた花は、真一が自分のほうへ向かってくる姿を喫茶店のガラス越しに見つけ、ほっとして、素直に喜びを顔に出していました。花を見つけた真一が隣へ座ると彼女は怒ったような素振りを見せながら、「オパが来ないかと花は心配しました」

と、真面目な顔で問いかけてきたのでした。交際して二年も経つと花は真一に対して店でも外でも、「小野さん」から「オパ」と呼ぶようになっていたのでした。

韓国語は相手によって丁寧語とパンマル（友達もしくは年下に使う言葉）の区別がはっきりしているのです。だから子供などにパンマルを使わないとかえっておかしく思われ、丁寧語を使うべき相手に間違って使うと、それだけで喧嘩になることがあります。オパは「お兄さん」という意味ですが、親しい人にも使うと聞いていたので、真一もそのように理解して受け流していました。

真一は「悪い、悪い」と女の眼を見ながら謝り、伝票をつかむと「出よう」と、短く声をかけて立ち上がりました。平日だからいつでも窓口で買えると思って、新幹線こだまの乗車券を買っていなかったのです。レジで花のコーヒー代を払い、地下階段を上がると一階のＪＲ「みどりの窓口」で新幹線こだまの特急券と乗車券を購入しました。

思っていた通り車内は空いていました。しかし、真一は用心のため、別々の席を購入していたのです。花の席を前方の見えるところにとり、そして自分は少し離れ、彼女の姿が見える後ろの席をとったのです。いつどこで誰と会うとも限らないし、この広い東京でもよく聞く話なので、念を入れたのです。

定刻どおりホームから動き出した新幹線こだまの真一たちが乗った車両内には、数えてもせいぜい十人程度の乗客だけで、それぞれがほとんど無関係な状態で座っていました。真一が渡した乗車券を花は受け取ったものの、「なぜ別々に座らなきゃいけないの」と不満顔を見せましたが、真一は、「離れているのも、熱海までの五十分間だから」と納得させて花の座る予定の席へ歩かせました。それでも真一のほうを何度も振り向いていたので、「後で説明するよ」と眼で訴えましたが、その辺の事情がわかるはずもなく、彼は到着まで目を閉じることにしたのです。

ホテルは、夕飯時を少し外した六時半過ぎに着く予定だと話してありました。「転ばぬ先の杖」とは、この場の状況を的確に表現した言葉とまで言えなくても、人目を忍ぶ真一たち二人にはこれができる限りの安全対策でした。

ホームから新幹線こだまが走り出して間もなく、新横浜駅を過ぎたあたりから、窓へ一筋二筋と雨粒が当たってきました。これから行く熱海は雨降りかもしれないと思いましたが、「駅前で車に乗ればすぐにホテルに到着するし、余計な心配をすることはないだろう」と都合の良いことを考えながら、雨の降る外の景色に目を向けていました。熱海の空は真っ黒な雲に覆われ、激しく吹きつける雨は車両から降りるホームの乗客の足元へ、間断なく降りかかってきました。

真一の前方には強風と雨に押された花が心細そうに歩いていました。真一は急ぎ足で花のそばへ行き、後ろから彼女の肩を支え、激しい風雨を避けて出口へ向かいました。この雨のため、タクシー乗車場には当然のように空車の姿はなく、それでも横殴りの雨に打たれながら、我慢してタクシーを待っている人たちが並んでいました。真一は彼女を駅内に残すと、土砂降りの雨の中、列の最後尾に並んで待つことにしました。散々な旅行の始まりだったのです。これも一つの思い出と思って、傘も必要としない列で並んでいたのです。

一時間以上も待たされたような気分で雨の中を立ち尽くしていましたが、十分くらい待つと順番が来て、開いたドアからタクシーの中へ飛び込むように乗り込みました。頭から全身ずっぽりと濡れた姿を見たためか、それとも、釣り合いの取れないアベックと見たためか、運転手は薄笑いを浮かべて行き先を無粋に聞いてきました。真一が運転手が思っていたよりはるかに強い口調で、錦ヶ浦のホテルの名を告げると、その口調に気圧されたのか、運転手は黙って降りしきる雨の中を水の飛沫を撒き散らし、車を走らせました。タクシーは国道からホテル専用近道のトンネルを通り過ぎ、さらに少し走ると、強い雨で霞む高台のホテルの玄関へ滑り込みました。

傘を持ったマネジャーに出迎えられ、雨で濡れた服装のままフロントで名前を告げました。花とそう変わりない年齢の女性室内係が、花の持っていたかばんを持つと、「お部屋へご案内いたします」と頭を下げ、フロント右の通路突き当たりのエレベーター前に案内し、ドアが開くと二人を先に乗せ、続いて自分が乗り五階のボタンを押しました。

案内された室内には、中央に革張りの重厚なソファーと年代物のテーブルが置かれ、その上に甘い香りのする生花がたっぷりと飾られ、今宵のムードを盛り上げてくれているかのようでした。今日は、二人にとって特別な日だからと、真一は花のために、ラグジュアリー・ツインを予約していたのです。若い室内係嬢は、真一のほうへ顔を向けると、「濡れたお洋服は、ご連絡を頂ければ、受け取りに参ります。それでは、ごゆっくりなさってください」と言うと、頭を下げて部屋から出て行きました。

東京を出てからそれほど時間がかかっていたわけではなかったのですが、無粋な天候にこれからのせっかくの気分を一瞬でもそがれたのと、それなりに気遣いする旅行のためか、真一は珍しく身体の疲れを感じたのでした。花も久しぶりの旅で神経を使い、真一以上に疲れているはずですが、そんな彼の心配をよそに、「オパ、風邪を引きます、濡れた服をすぐ脱いでください」と、甲斐甲斐しく服を脱がしてくれました。彼女が持ってきた少し大きめのかばんの中には、真一が頼んでおいた着替えや下着が入れてありました。たしかに、濡れた衣類のために、真一の身体は冷たく硬く冷え切っていました。花はそんな真一を見て、「オパ、早くシャワーして、身体を温めてください」と、女房のような強い言い方でシャワーを勧めてくれました。「わかったよ」と返事をしてかばんの中身を確認すると、彼女の言葉に従って先にバスルームへ入りました。

少し熱めの温度に設定して、芯まで冷えた身体に熱いシャワーを勢いよく流しました。滝のように強く流れ出るシャワーのお湯は、冷えて硬くなりかけていた彼の身体を少しずつ温めほぐしてくれました。シャンプーで頭を揉み洗いし、すっかり身体が軽くなったと感じながら、バスローブを身につけて出て行きました。真一の姿を見た花が近づいてきて、顔を覗き込むようにして、「オパの身体は温まりましたか」と甘えて訊ねました。真一は、「大丈夫だよ、花のお陰で身体は温まったよ、ありがとう」と言って彼女を見返しました。花はその言葉を耳にすると、「オパ、私もシャワーしてきます」と、いつものデートの時と同じように彼の目などまったく気にせずに、衣類をベッドの上に脱ぎ捨てバスルームへ消えて行きました。これまで一度も前を手で覆うことはしたことがありませんでした。お国の習慣にはないことなのでしょう。

真一は、ある財団法人の総会への代理出席で、昨年までの五年間、毎年この季節の熱海に来ていました。この時期の天候は不安定で、猫の目のように変わることもわかっていましたが、運悪くこの時期以外にスケジュールが空いていなかったのです。不安定な気候だけに当日は晴天になることも考えられましたから、思い切ってこの日を実行日に選んだのです。予想通りの天候になってしまったのですが、「明日は運任せだ」と思いました。

やがて、シャワーで充分に体を温め、入念に身体を洗い流したバスローブ姿の花が、気持ちよさそうな表情でバスから出てきました。台風のような暴風雨に予定を掻き乱され、食事をすることも忘れていました。真一は、「一休みしたら、階下へ降りて夕食をしよう」と、花に声をかけました。

「はい、オパ、わかりました。私もお腹が空きましたよ」と、笑い返してきました。いつもと変わりない彼女の明るい元気な声を聞いて、真一も思い切ってここへ来て良かったと思いました。窓には相変わらず激しい暴風雨が当たり、外灯の光が左右に大きく揺れていました。彼はそれを見ながら、この風の勢いじゃ明日は無理かな、と心細さを感じました。

着替えの済んだ花を見て、真一も立ち上がり、部屋から出てエレベーターに乗り、ロビーのある一階のボタンをゆっくりと押しました。一階のドアが開くと、真一は花と腕を組み、正面突き当たりを左に曲がり、フロント・カウンター前を一気に通り、ここのホテル・オーナーが時間と金をふんだんにかけて収集したらしい中近東やシルクロードの美術品や遺跡から発掘されたらしい歴史物、またイミテーションを陳列した〈博物館通路〉を通り抜け、ホテル本館への長い曲がりくねった廊下を歩きました。光が揺れる中、二人きりで誰に遭遇することもなく、本館十五階エレベーター前へ到着したのです。

切り立った岸壁の傾斜を巧みに利用して建てられたホテルの最上階近くの十五階が、その後新しく建てたRウイングの一階に平行していました。大変な費用と時間をかけた、あまり例を見ない贅沢なホテルだと彼は思いました。再びエレベーターに乗り二階で降りると、廊下の左右には軽食レストランがあり、真一はかなり昔の記憶をたどりながら、廊下を右方向へ向かって歩きはじめました。

人のざわめきか、演奏の音楽の音色か、夜の喧騒が少しずつ、耳に響き届いてきました。レストラン・シアターの入り口に立っていた係が近づいてきて、「ご予約は」と聞いてきたので、「予約はないけれど」と、答えると、「わかりました、こちらへどうぞ」と、二人を照明を落とした薄暗いスロープの通路に案内しました。中央舞台でにぎやかにメキシカンらしい外国人女性歌手が歌う中、舞台がよく見える中央後席へと案内されました。

テーブル席につき周囲を見ると、結構席は埋まっていて、真一たちのような不釣合いなカップルの姿が何組も見えました。真一は近くにいたウェイターに、ディナーと赤ワインを一本頼みました。窓からは入り組んだ小さな湾が見え、暴風雨に吹き流されるように木々が大きく揺れていましたが、厚い大スクリーン・ガラスで仕切られたこのホールの中には、歌や伴奏の音楽以外の音は、まったく聞こえませんでした。花を見ると、迫力ある声で歌っている外人歌手の日本演歌に魅せられたように、中央の舞台をじっと見つめていました。真一もそんな花を、安心したように優しく見つめていました。

今宵は、真一のようなオジさんと、二年近く交際してくれた留学生、花に対する感謝の夕べでした。軽めのディナーでしたが、結構腹ごしらえができたし、ワインとブランデーのアルコールの酔いも回ってきました。ショータイムが終了し、少しずつ席を立ち移動しているカップルやアベックの姿が目立ってきたので、昔に戻った気分に浸り、花と手をつなぎ、カップルたちの流れに入って行きました。

天候さえ良ければ潮風に乗った新鮮な空気を吸いに、ホテル内の広大な緑の敷地を散策するところなのですが、生憎《あいにく》のこの暴風雨ではせっかくの気分も味わえないので、残念ながら後ろ髪を引かれる思いで、先ほど歩いてきた長い廊下を戻ることにしました。

エレベーター前では、真一たちのように不釣合いなアベックや若いカップルが、人目も気にせず酔った勢いで女性が男性の首に腕を巻きつけたりしてジャレ合っていましたが、花は二年近い付き合いの中で、一度も人前では甘えた素振りを見せたことがありませんでした。文化大革命以来、男女同権が国内に一層浸透し、ともすれば女性上位と聞く国では人前で甘える風習はあまりないのかとも思っていました。このくらいはたまにはして欲しい甘えの仕草だったのですが、一度もその期待には応えてくれなかったのです。性格的には温厚で我慢強い花にも、男には理解できない、譲れない女の意地があったのかもしれません。

冷房の効いた少し寒気のする廊下を渡り、フロント前を通り過ぎて部屋に戻りました。部屋に入った途端、「オパ、ありがとう、大好きだよ」と言いながら、花は真一の首に手を回し、熱く激しい口づけをしてきました。こんな甘えはこの二年間で一度も見せなかった花から真一への感謝のジェスチャーでした。突然の飛びつきに真一は一瞬よろめきながらも、しっかりと花の身体を受け止め、抱きしめながらワインの香りのする可愛い唇を吸いました。

まだ宵の口でした。帰りの時間を気にすることもないので真一も寛《くつろ》いでいました。花も帰りを心配する必要もなく、同じように重厚な革張りのソファーに寝転び、足を伸ばし寛いでいました。一瞬の空白の時間帯でした。

真一は花を抱き寄せると入浴を勧めました。

「はい、わかりました、オパ」

そう頷《うなず》きながら、花はバスルームへ歩いて行きました。

間もなく、真一を呼ぶ声が静かな室内に響きました。真一は、ゆっくりと身体を起こすと、呼ぶ声のほうへ向かいました。全裸のままで浴槽を指差しながら、花は涙を流してバスルームの前で立ち尽くしていました。真一が予約時にフロントに依頼しておいたのです。宿泊客へのオーダー・サービスでした。浴槽一杯に浮かんだ色とりどりのバラ風呂で、それが涙を誘うほど花に感激を与えたのです。

バラがたくさん浮かんだ浴槽の中に、照れくさそうに身体を沈めた花に、「オパも一緒に入ってください」と誘われ、真一は最初は断ったものの、それでも手を差し伸べてくる花の気持ちを受け入れました。最初で最後になる記念の日かもしれないとも思い、バラの薫りが充満した湯舟に体を入れると、待っていたようにもたれかかってきた花の上気した顔に、真一は唇を近づけました。そして可愛く盛り上がった小ぶりの胸にそっと触り、熱い抱擁を交わしたのです。

窮屈すぎる浴槽から、「先に出てるよ」と言って出てきた真一。少し後からバラ風呂から上がって、濡れた長い髪をターバン風に巻いたバスローブ姿の花は、また違った色気を発散して魅力充分でした。シャワーとバスで、火照った身体をソファーに沈め、花が作った水割りを持ち、真一はテレビ画面に目を向けていました。テレビ画面を歌番組に変えると、ムード演歌が流れています。真一はすくっと立ち上がると、花の前に近づき頭を下げ、中腰になって、「お嬢様踊ってください」と、手を差し伸べました。花は笑いながら、真一の道化芝居に調子を合わせるように、差し出され手に自分の手を添えて立ち上がりました。

二人が踊るダンスはチークだけでしたが、今宵はそのチーク・ダンスがこの部屋のムードに一番合っていたのです。真一はムード演歌の曲に合わせ、バスローブ姿の花の腰に両手を回し、踊りをリードしました。真一が腰を密着させ、花の太ももの間に右の太ももを差し込み、ターンを繰り返すたびに、花は全身の力が抜けていくような、けだるい感覚に包まれていました。目を閉じて彼の首へ柔らかな腕を巻きつけ、全身をあずけるように踊りました。

真一の唇が花の首筋に熱い息を吹きかけ、耳朶《みみたぶ》を軽く噛みました。花は首をそっとすくめながら、顔を彼に向け唇を合わせ、小さな声で、「オパ、抱いてください」と、途切れるように呟きました。自然の流れでした。二つ並んだベッドの上に一つに絡まり抱き合いながら倒れ、真一は素早く花のバスローブの胸元に指を入れ、胸の谷間から漂う花の甘い体臭に顔を寄せ、その匂いを鼻から思い切り胸の奥に吸い込みました。

この夜の真一は、花との初体験の時のように、時間の経つのも忘れるほど、そして外の嵐に負けないほどの勢いで激しく花の身体を求め続けました。不思議な力のお陰で、真一は身体の底から湧き上がってきたマグマを遠慮なく放出したのです。そして熱く燃えたぎったそれを、花の奥まで届けとばかりに放出してしまうと、死んだように深い眠りに落ちていったのです。年齢を忘れたような久々の激しい営みで、心地よい深い眠りの世界に入っていきました。

翌朝、真一はすっきりした気分で目がさめました。真っ赤に燃えた太陽が水平線から上がったばかりの太平洋は、おだやかな表情を見せていました。朝日を浴びた水平線を窓越しに見ながら真一は顔を簡単に洗い着替えを済ますと、寝ている花を起こさないように静かにドアを閉め、ホテルの玄関から外へ出ました。そして人影のないすがすがしい散歩道を一人で歩きだしました。

なだらかな坂を熱海より へ僅かに下ると、ほどなく景勝錦ヶ浦を一望できる場所に出ました。そこには白色のコンクリート製の長イスが置いてある見晴らしの良い展望台でした。深い底に見える入り組んだ岸壁の谷間からは、海から静かに、断続的に寄せる波が岩に当たり砕ける音が、反響し合っていました。

真一は長イスに腰をおろし、水平線から高く上がった太陽と澄み切った紺碧の空に見入り、このような形でここにいることは不思議な出会いが連続した結果だったと思いながら、あっという間に過ぎ去った八年前を懐かしく思い出していました。

# 六　総合病院

八年前の真夏のことでした。真一の身体に異変が起きていました。トイレの便器に座ってもすぐに小便ができず、尿意を感じるたびに苛つきを覚えていたのです。膀胱炎かなと思いましたが、それとは少し違う感覚で一人で悩んでいたのでした。真一の年齢はやっと五十を過ぎたばかりで、長寿時代の今日ではまだ青二才に属する年代です。

異性との交際もしばらく絶えていたので、その関係からの影響はありえず、困惑していました。トイレに向かう頻度は日増しに多くなり、普通の排尿ができなくなったのでした。小便をしたくても気が焦るばかりで、一向に小便が出ないのです。容器の前で一物を出している時間は、通常の時間の数倍でした。自宅ならいざ知らず、会社のトイレでは格好がつかず、人の出入りが気になって、排尿をすましたように水を流していたのです。排泄に時間をかけたわりには量が少なく、やっと出たかと思っても勢いがなく、うっかりすると自分の足元にこぼれそうなほど、糸のように細い小便でした。

やがて異変が進行したのか、排泄直前になるとこれまでになかったチクンとした痛みを感じることが多くなったのです。素人診断はケガの元だとわかっていても、初対面の医師やましてや女性の看護師の前で相談する気にはなれず、自宅にあった抗生物質を一時の気休めで飲んでいたのです。とうとう明日の活力を温存する夜も熟睡ができなくなったのでした。どんなに酔いつぶれても三時間後には目を覚まし、トイレに走りました。今日は何時間眠れるかと神経質になるくらい頻繁でした。寝不足状態が続きました。しかし、誰にもこの辛さを訴えることができませんでした。

とはいえ、妻だけには正直に告白していました。胸に手を当て昔を思い起こすと、四十年前の青春時代に二度、淋病に感染したことがありました。当時は割合流行した性病でした。多少の個人差はあっても性交数日後には、尿道が青っ洟《ばな》のような膿で塞がり、小便時には尿道が切り裂かれるような痛みが走り、少しずつ時間をかけて血尿を排泄しなければなりません。それゆえ感染相手はすぐに判明する流行病でしたし、抗生剤を飲むか注射をすれば簡単に治癒される性病でした。

しかし、治療のためでも、金のない若い連中はおいそれと病院に行くことができません。真一の知っていた闇の医者は、薄野の飲み屋街で商売していた屋台の親父さんでした。若者たちは裏口に張られたテントの長いすに寝そべると、張りのある尻を出すのでした。屋台の親父さんは厚ぼったい手でズボンを下げた剝《む》き出しの尻をピシンピシンと激しく叩くのでした。力一杯叩かれ、その痛みを感じている間に油性のペニシリン注射を打たれているのです。

場所柄、屋台のオジさんやオバさんは、街の売春婦にも心強い、頼りがいのある存在でした。真一は昔の苦い体験を思い出し、その後遺症が出ているのではないかと案じていたのでした。チクンとした痛みはあのときに近い感触でした。

「このままではいつになっても解決の見込みも立たないでしょう」と、いつもお世話になっている診療所の先生に正直に相談するように妻から背中を押されました。

翌日、思い切って診療所を訪ねました。真一はこれまでの経緯を話しました。医師からは、「充分検査をしなければ正しい診断は出せないが、しばらくは抗生物質を飲んで様子を見ましょう」と言われました。看護師さんの説明に従って一日三回、食後三十分後の服用を守ったので翌日には痛みも取れ、微かに小便が出やすくなったような感じがしましたが、大きな効果はありませんでした。

状況は変わらず、途方に暮れていると、妻から、「できるだけ早く専門医のところへ行ってください」と言われました。勤務先から近い病院を探したのですが、意外とこの方面の専門病院がないことがわかりました。確実なのは総合病院か大学病院へ行くことでしたが、以前に大学病院に行った際、半日も待たされたことが頭から離れず、待ち時間の少なそうな専門病院を探していたのです。

十年前に通院した輝かしい実績と歴史を誇った病院を訪ねてみたところ、敷地内はきれいに整地され、僅かに当時の面影を残した鉄柵玄関だけが鎖を左右から回されていました。かつてこの地に存在していた病院は跡形もなく消えていたのです。

とうとう、妻が知人から聞いてきたと、台東区にあった総合病院を教えてくれました。そこなら会社から地下鉄を利用すれば、往復一時間前後で行けそうですし、月に一回程度の通院なら会社にも迷惑をかけずに済むと考え、仕事の様子を見て現地確認を思い立ちました。仕事の調整をしてから会社を出ると、青山ツインタワービルの地下鉄銀座線青山一丁目駅から乗り、終点一つ前の駅で下車。そこからタクシーを拾い、病院へ向かいました。

古びた三階建ての建物に着きました。それが真一のめざす総合病院でした。病院がいつ頃この地に開業したか、正確にはわかりませんが、建物の感じからして戦前この地に建設された病院のようでした。

病院の手前でタクシーから降り、古びた通用門を通って病院の中へ入りました。外からの印象でも狭そうな感じでしたが、駐車場らしき場所も五〜六台がやっと入るくらいの狭さでした。前を通り過ぎると、年代を感じさせる天井の低い玄関があり、その左側が受付でした。日中にもかかわらず病院内は人気が少なく閑散としていました。真一は受付カウンターの前に行くと、そこに座っていた年配の女性に声をかけ、「泌尿器科へ行きたいのですが、受付はここでいいですか」と訊ねました。女性は顔を上げると半身になりながら、「この前を歩き、左奥へ行くと右側に受付があります、そこへ行ってください」と答えました。

受付で聞いた通りに通路を歩きましたが電球が少なく、ここが病気を治療する病院だとは思えない暗い感じでした。天井が低いせいもあるのか日中でも薄暗い廊下に、十人くらいの人たちが待っているのに驚きました。表札を見ると整形外科でした。その先を五十メートルほど行った、泌尿器科の表札の前で足を止め、受付を覗いたものの誰もいないので声をかけました。すると奥のほうから、「少し待ってください」と返事があって、間もなく大柄で年配の看護師さんが現れました。

「どうしました?」と、症状を聞かれ、「最近小便の出が悪いんです」と、周囲を気にしながら控えめな声で答えました。

「はい、わかりました。しばらく椅子に座って、待っていてください」

いまどき珍しい木製の長椅子に精彩を欠いた中年男性が一人とお婆さんが一人座っていました。真一は二人の後に座り、呼ばれるまで通路を見ていましたが、待ち時間中に前を通った人は掃除のオジさんだけでした。知り合いがそばにいたら、「この病院は一体どうなってるの」と言いたくなるような重い空気の漂う院内でした。「なんと活気がないんだろう」と思っていると、

「小野さん」と名前を呼ばれました。後ろには誰も待っていません。

白いカーテンで仕切られた診療室へ入ると、白衣姿の五十歳半ばほどのドクターが患者に背を向けて机に向かっていました。患者用イスに座ると、ドクターはそばにいる看護師に真一の容態を聞き、そして振り向くと、「トイレに行ってこのカップに小便を入れ、全部出し切ってからここへ戻ってきなさい」と憮然《ぶぜん》とした表情で紙コップを差し出しました。

患者と会話もしないでいきなり指示するとは、なんて変わった病院だろう、と思いつつも、その紙コップを手に持って廊下に出て、トイレを探すと表札が出ていました。ドアを押して中へ一歩踏み入れ、そのトイレを見て足が止まりました。まるで昔の学校のような便所でした。子供たちが並んで一斉に小便をした昔懐かしい剥き出しコンクリートのトイレでした。これも年代を感じさせる物です。「いつ頃に建設された病院なのだろうか」と、コップを片手に彼はまた思いました。

紙コップにペニスを入れましたが、思うように小便が出ません。やっと出た小便を半分取り、湯気のたつ紙コップを持って診察室へ戻ると、今度は、「隣の部屋に行きなさい」と、ドクターから指示されました。会話は一方通行でした。

隣に行くと看護師から、「ズボンを脱いでベッドに寝てください」と言われました。状況を一切説明をしないのですから、実に乱暴な話です。有無を言わせぬ強引な指示でしたが、とにかく言われるままに、生まれて初めて下半身を初対面の他人の前にさらけ出したのです。

開き直って寝ていたら、先ほどのドクターと看護師の会話が聞こえてきました。会話が終わると、上向きに寝ているベッドのそばへ来て、「少し痛いが辛抱しなさい」と言い、手際よく不肖の息子をゴムホースのように摑むと、尿道に棒のような物を一気に差し込みました。何かするのだろうと予測はしていましたが、あの細い尿道に物が差し込まれるとは思いもしませんでした。尿道にちくりとした痛みを感じた直後、何か流れているような感触がありました。

看護師から、「残尿検査が終わったらズボンをはいて、先ほどの診察室へ行ってください」と言われ、隣へ戻ると、無精ひげをはやした無愛想な先のドクターが、真一の前に腰をおろしました。

ドクターの手には尿瓶が持たれ、「トイレで全部出してきたはずなのに、君の身体にはこれだけの小便が残っていたよ」と話しかけてきたのです。その尿瓶には結構な小便が入っていました。黄色く濁った尿瓶を見ましたが、患者の自分に何を言いたいのかドクターの意向が全然理解できませんでした。

やがて机の前に真一を手招きし、医学書のような本を開き、色分けされたグラフ表を指差し、「君の症状はこの程度だね、前立腺肥大症の症状だね」と断言したのです。

初めて聞いた症状でした。「前立腺肥大症」というたった今聞いたばかりの言葉の意味を考えていた真一の顔を見つめ、「君の年齢にしたら早すぎる症状だね」とポツリと言ったのです。そして、患者の思いなど気にする風もなく、続けざまに「しばらくはホルモン薬を飲んで治療を続けなさい。飲んでいる間セックスはできなくなるが、治療ホルモン薬を飲まなくなったら、自然と復活するからね」と大変大事なことを事務的に話すと、くるりと背中を向けたのです。

初めて耳にした病名。「前立腺」という腺がどこにあるのか、そして「肥大症」という状態が身体にどのような影響を与えるものなのか、まったく説明がされなかったのです。医師として果たすべき責任義務を遂行せず、患者の抱く不安などどこ吹く風的な対応、まったく取りつく島も与えない診察でした。

真一はなにか割り切れない感情を抱きましたが、この場は一応引き下がり、次の診察時に納得できる説明をしてもらおうと思いました。真一は気持ちの切り替えができないままに、看護師から渡された書類を持って受付へ行き、提出しました。

受付でこの先に薬局があるから、「処方箋を出して薬を受け取ってください」と言われ、領収書を出されました。これくらいのことでいちいち文句を言ってはいけないとは思いましたが、この病院全体が、真一がこれまでにかかった他の病院とは相当に違った印象でした。自分だけが異常だと感じるならそれも仕方がないとは思ったものの、それでも、「変わっているのはこの病院のほうだ」という思いをぬぐい切れませんでした。とはいえ、これまでに探してきた病院の中ではこの病院が通院条件に一番適していたし、多少変わったところがあってもしばらくは通院してから、考えようということにしたのです。

それにしても何度思い返しても理解に苦しむ医師の対応でした。ホルモン剤の前立腺治療薬が一ヶ月分も入った大袋を二袋も抱えながら、真一の頭からはそのことが離れませんでした。結局、「早引きする」と会社に連絡し、薬を持って家に帰ると、心配している妻に今日あった不思議な医師との出会いと状況を説明したのでした。

真一の話を聞きながら彼女も、「そんな失礼な対応なら、私でも納得できないわ」と憤って、「この次には原因もわかるように相談してきてください」と、言いました。妻の疑問は当然のことでした。

翌月、泌尿器科へ行くとドクターが一言二言の話で処方箋を書こうとしているので、真一は自分のほうからドクターに質問しました。

「先生、このような病気になった原因は何ですか?」

憤りを感じつつも、抑えた言葉で尋ねたのに、返事は「使いすぎだね。老化現象だね」の一言でした。最近では社会的にも取り上げられるようになった、医師の心ない言動が患者を傷つける「ドク・ハラ」です。しかし、自分の若い頃のことを考えると、なぜか考えさせられたショックな言葉でもありました。

今から十年前に大勢のファンに惜しまれてなくなったある映画俳優のことを思い出したのです。当然、真一も国民的スターだった彼の映画を毎回のように見て、心を躍らせ、いつかは彼を格好よく真似てみたいと思っていました。大抵の男子なら憧れを持つのは当然の人気の高い俳優でした。

ところが、タフネスが売り物で健康そのものだと思っていた憧れの人が、突然銀幕の世界から姿を消してしまったのです。スターの消息が国民に知らされたのは、闘病生活をしているという、テレビのニュースによってでした。

一万人以上のファンや見物客が入院先へ押しかけ、一日も早く元気に銀幕へ復活することを祈ったのです。偶然その病院に勤務していた知人の医師から、病院では大医師団を編成して、国民的俳優の健康回復のために大手術を繰り返していると聞きました。病院の屋上から元気にしている様子をファンに見せ、手を振って健在ぶりを演技したこともありました。しかし、大医師団の厚い手当ての甲斐もなく、惜しまれながら五十代前半の若さで亡くなったのでした。

医師の話によれば、彼の内臓は不規則な生活習慣や度を越した飲酒などで、実際の年齢より老化が進んでいたようで、多忙な俳優生活がタフだった男の寿命を縮めていたのかもしれません。身体は病気に蝕《むしば》まれて手のつけようがないくらい悪化していたそうです。

彼のデビュー記事には、何不自由のない金持ちのお坊ちゃんらしく、拘束や命令を嫌う性格だと紹介されていました。彼は、夏になると湘南方面に出没した「太陽族」と呼ばれていました。毎日ビールを食事代わりに飲む男として、ファンにアピールしてきたのです。

それが思い出され、泌尿器科のドクターの「君の症状は老化現象だね」という言葉がいつまでも頭に引っかかっていたのです。憧れの大スターの場合は内臓でしたが、自分と同じように「老化」が原因だったのです。もちろん単純に比較はできないものですが、真一は同じような状態だという受け止め方をしていました。

それにしても、その日もまた質問をさえぎられた感じで、納得がいかない真一はイライラしていました。安心感を与えるのがドクターのはずなのに、その不親切な態度に、滅多に怒らない真一も怒りを感じていました。だからといって治療の途中で簡単に病院を変えることもできなかったのです。

真一が勝手に命名した「怠慢ドクター」が前立腺肥大症の説明をしてくれなかったので、家庭用の医学書を開きました。すると、そこには「男性ホルモンと女性ホルモンのバランスが崩れ、尿道を包んでいる左右の前立腺が炎症を起こし、尿道を圧迫し、排泄を妨げたりする」と簡単な症状が書かれてありました。

この程度の説明があの医者にはなぜできなかったのか、無気力なその姿勢に再びあきれました。その挙句、治療薬はたいした効果もなかったのです。「いつかは治癒するだろう」と信じ、真一は真面目に飲み続けたのですが、三年間も服用して身体に表れてきたのは治療の効果ではなく、異常な症状でした。

## 七　副作用

最初に気がついた変化の一つは頭髪でした。本人はあまり気にはしていませんでしたが、やたら髪の毛のことを話題に話しかけてくる人がいました。

ある時、取締役の大阪支店長が、真一の横を通り過ぎると顔を覗くようにして振り向き、「やっぱり小野ちゃんか」と肩を叩き、納得したような笑いを見せて通り過ぎました。そして極めつけは、二十年前から行きつけている理髪店の主人から、「小野さん、最近新しい養毛剤使ったの?」と言われたことでした。髪の専門家の言葉は信憑性の高いものでしたが、使っている養毛剤は昔通りで、「そんなことはないよ」と返事をしました。とはいえ、このところ鏡に向かっていて、たしかに硬そうな毛が出てきたのを認めていたのです。

これが副作用ならありがたいことでした。

さらに二つめの変化が起きました。乳首とその周辺部の変化です。運動好きな真一でしたから、年齢の割には足腰に筋肉があり、胸もそれなりに筋肉が盛り上がっていますが、胸の乳首の周辺部分だけが少しふっくらとしてきているのです。その部分を触るとなぜか柔らかくなっていました。そして、そのふんわりした柔らかな感触は、女性特有のものでした。真一はこの異常な状態に気づいたものの、誰にも相談できず、「慌ててもしょうがないから、しばらくは様子を見てからのことだ」と自分自身に言い聞かせ、それまでは自分の胸に秘めておくことにしました。

頭髪だけでなく、左右の腋毛《わきげ》も変化しはじめました。腋毛が赤茶色に変色し、その変色した毛が極端に細く縮れて、なくなりかけていたのです。真一は最初この状態にはまったく気がつかず、偶然発見したときはびっくりしました。

風呂場へ入る時いつもするのは、腰をかがめ一番汚れたと思う股間の前後部に石鹸をつけて洗い流すことでした。それから入浴し、体を温め疲れをいやします。身体が温まり汗が滲《にじ》みはじめると、湯舟から上がり、イスに座り、改めて身体全体を石鹸で入念に洗い、最後に頭の髪を洗い、柔らかくなった髭を剃るのです。男性も腋毛は必ず洗いますが、特に気にもとめずに石鹸をつけたらすぐ流してしまう部分で、女性のように腋毛を剃る必要がなかったので、腋毛の状態を意識することはありませんでした。いつも見ている股間の陰毛には変化がなかったから、余計気がつかなかったのです。

こうした異常な変化をあの偏屈ドクターに訴えたとしても、まともに相談を受けてくれるとは思えませんでした。彼には最後まで相談を持ちかけませんでした。それにしても真一同様に、同じドクターの診察を受け、同じ治療薬を服用した他の患者たちには、彼と同じような異常が、まったく発見されなかったのだろうかと考えると、不思議でした。仮に出ていても抗議は無駄だと諦めていたのかもしれません。

あまり誉められた性格ではありませんが、真一はよほどのことがない限り相手を疑ったりしないのです。いつも自分が接するように、相手も接しているものと勝手に決め込む傾向がありました。真一は意識のどこかで医師や教師を聖職者として尊敬していたのです。尊敬する偉大な医師が、救いを求めている人々の心を粗末に扱うはずがないと決めつけていたのです。ところが効果もなく、副作用まで出ては、いくら寛容な真一でも限界でした。ここでは治る病気も治らないと悟り、至急他の病院を探すことにしたのでした。

このとき真一は五十三歳で、仕事一途に働きつづけていました。彼にとってまさに仕事は生き甲斐でした。そしてどんなに疲れても妻との愛は守っていたのでしたが、この治療を始めてから最大の問題が真一に起きていたのです。「治療薬を使っている間は、セックスができなくなる」と初対面の時にドクターに言われていましたが、現実に妻との性交のとき、最後まで果たせない中途半端な夜が続くようになったのです。

頻繁に繰り返される異常現象に、このことでは不満や愚痴を言わない妻も表情に出すようになりました。真一も惨めな状態の繰り返しに、やがて治療薬の影響が出たと気がついたのでした。「こんなこともあると言われていた」と話すと、妻は割り切れない気持ちを抑えながらも、「治療薬のせいなら仕方がないわね」と、しぶしぶ納得していたのでした。

その後も体調を整え再三試みましたが、下半身は益々反応を示さない勃起不全の状態になり、真一は妻に対し頭も上がらなくなったのです。

まだまだ気力十分の五十歳を迎えたばかりの男性が、ある日突然に性交ができなくなるということが起きたのです。気の毒なことに、妻を未亡人同然の状態にしてしまったのです。このようなことが世間のどの家庭でも起きたとしたら、大変な騒ぎになっていたでしょう。

納得がいかないのは、泌尿器科医として長い経歴を持つ専任者が、治療薬の副作用を一度として考えたり想像したりしたことはなかったのかということです。いい加減なことができない真一の心中は穏やかではありませんでした。

# 八　灯台下暗し

「捨てる神あれば拾う神あり」という諺の通りでした。買い物の途中でした。ハローページや医療情報誌等でも見つからなかった「泌尿器科・内科」という看板を偶然妻が発見したのでした。

看板に書かれていた電話番号を書き取り、自宅に戻り早速電話をかけました。受話器の向こうから聞こえる感じの良い声の主にこれまでの症状を話すと、「うちの先生は立派な先生ですから、ぜひ一度相談してみてください」と先生を誉めながら応対してくれたのです。真一が電話で再三注意されたことは、これまで服用してきた二種類の薬を忘れずに持参することでした。駅から歩いて二分以内のところにあったペンシルビルの三階が医院でした。エレベーターが開くとすぐ前が医院で、ドアを開けて中へ入ると、受付カウンターが見え、感じの良さそうな看護師さんが笑顔で迎えてくれました。

「少し前に電話をかけた小野ですが」と言うと、「わかりました。それではこれまでの治療の経緯を記入して、しばらく待っていてください」と言われました。

待合室には女性を含む五人の先客が雑誌を読んだりして待っていました。小さな町の医院でしたが、熱気が感じられました。見ていると奥の診察室から診察を終えて出てくる患者さんの表情が生き生きしているように思いました。

やがて名前を呼ばれ、狭いけれど整理整頓された診察室に入ると、温和な感じのするドクターが、前の席へ座るように手で示し、「まずは自己紹介をします。私は台湾からきて日本の大学の医学部を卒業したHといいます」と、真一に挨拶をしたのです。医師の心が伝わってきました。前の病院のような医師もいれば、この病院のような先生もいるのです。真一はもっと早くこの医院が発見できたらよかったのにと思いました。

先生は真一が提出したアンケートに目を通し、真一に質問を続け、これまでの診療経緯をじっと聞きながらカルテに書き込んでいました。そして真一が持参した二種類のカプセルを手にすると、怒ったような表情を見せ、「この薬は副作用があったでしょう。こんな薬をまだ使っているなんて考えられないね」と、医者の信用に関わるかのように言いました。そして真一に「今日からこの薬はやめて、漢方生薬の薬を飲んでください。必ずもとのように治してあげます。半年で勃起できるようにしてあげます」と明るく力づけてくれたのです。

「そのために必要な幾つかの検査をしてください」

検査室は様々な検査機器が設置されていたのです。個人医院と総合病院とでは歴史も規模も違って当然でしたから、はじめから比較するつもりはありませんでした。しかし実際は、三年間も通院した総合病院では見たことのない設備があったのです。

過去に受けた検査は後にも先にも一度だけ、カテーテルを挿入し導尿しただけでした。その上、治療経過を聞かれるわけでもなく、状況に合った投薬を指示されたこともなかったのです。非難したくはありませんが、ほとんど患者無視でした。これまでの三年間は時間と金の浪費でしたが、熱心な先生に出会ったことを素直な気持ちで妻と共に喜びました。

患者には病院は選択できても、医師の能力や技術を比較し検討することはできないのです。患者は病院の歴史や評判を聞き、それをもとに判断したら、後は信じるだけなのです。最近、病院内で起こった過去の手術ミスや投薬ミスが発覚し、病院や担当医師の責任が追及されているという報道を目にします。すべて事実なのかどうかは、断言できません。しかし、わが国に医療制度が確立されてから、病院の内部は関係者以外は絶対立ち入れなかった領域でした。

時代の流れとともに医療の世界も少しずつ開かれてきていて、専門的知識と根気のいる調査でミスを発見し、原因を追及することも行われています。しかし事実を解明し、裁判で勝利を得るのは全体の一部、氷山の一角です。

それから半年、漢方生薬による治療を継続したある日、真一の股間にいつもと違った疼《うず》きを感じたのです。微妙な感覚に、はっとして目を覚まし、思わず手は股間に伸びました。しかし、いつもと変わりはありません。気のせいだったようでした。それでも真一は新しい漢方治療法に希望を持っていたのです。

しかし、この時から、週に一、二回、股間に微妙な感覚がありました。はっきりした形態のものではなかったのですが、期待のできそうな懐かしい感覚でした。この数年まったく忘れていた感覚です。これまでのことを思うと熱い血の流れを感じました。冷静に考えれば、僅かな反応があっただけのことでしたが、それでも真一の心は無邪気な子供のようになって、これからの期待で胸は膨らんでいたのです。

毎月末の土曜が医院へ出かける日でした。名前を呼ばれるといつも勢い込んで診察室に入ったのでした。そしていつも親身に、熱心に対応している先生の質問より先に、最近の傾向と今朝の心地よい感触を伝えました。真一はいつもの診察時には見せたことのない興奮気味の顔でした。

真一の手振りを交えた話を聞き、様子を見ていた先生は、自信ありげに、「それは間違いなく復活の兆しですね。良かったですね。もう少しの辛抱ですね」と、自分の治療方法に間違いがなかったことを確認するように、一息をついて真一を労ってくれたのです。

それは過去のように一人の男として、また愛しい女性を抱くことができる日が近いということでした。

投薬の副作用のため、四年以上も生きた化石状態だった真一でしたから、些細なことでも彼にとっては大変重大なことでした。一度は諦めかけていた思いでした。それが五十半ばにしてあの喜びが戻るかもしれないという気持ちは、当事者だけにしかわからない感動です。忘れていた感覚が脳を刺激し、再び体中の血が熱く、勢い強く全身を回りはじめました。でもしっかり確認できるまで、妻には内緒にしておこうと思いました。

# 九　浅草吉原のソープランド

バイアグラと出会う前のことでした。無駄な努力とわかっていても以前のように元気になりたいと思うのは、男として当然でした。なんとかして復活の方法がないものかと、いろいろな情報を求めていました。勃起機能がどの程度か調べるのに手っ取り早い手段の一つとして、昔から男の世界ではよく言われ試されていたことがあります。男を奮い立ててくれそうな若い女性との営みでした。

真一は、これが最後の方法だと自ら言い聞かせ、吉原のソープランド街へ行ったのでした。事前に様子を調べる余裕もなく、吉原へ足を向けていたのです。

営団地下鉄銀座線浅草行きに乗り、終点一つ前の田原町で下車し、駒形橋、吾妻橋へと繋がる浅草通りへ出ると、真一はタクシーを拾い、「吉原へ」と告げました。

だいぶ以前に拡幅された国際通りには、一世を風靡した松竹歌劇団（ＳＫＤ）国際劇場の跡に建てられたビューホテルや若者に人気の名所、ファッションビルの浅草ＲＯＸがあります。言問い通りを横切り、千束五差路交差点を右折、手前の道を直進すると、その一帯が真一の目指す地域でした。

街を歩くと、江戸と繁栄をともにした一大遊郭、吉原遊郭の面影をかすかに残すものもあります。吉原遊郭が廃止されたのは、売春防止法の発令された昭和三十三年三月三十一日ですが、吉原は、今では「元浅草」と町名を変えてはいるものの、昔の名残を残して、遊郭ならぬトルコ風呂改めソープランドという名の風俗店が鈴なりに営業しています。

三ノ輪交差点に続く土手通りには、当時の遊郭の入り口、吉原大門《よしわらおおもん》や浅草七福神の一つ、吉原神社、隣接する竜泉三丁目には一葉記念館があります。国際通りの千束付近には、熊手で縁起をかき寄せると言われ、一の酉、二の酉、三の酉と商売の神様を祀った鳳神社も存在しています。古くはこの歓楽地一帯を浅草警察とともに管轄し、多くの人が世話になった像潟《きさかた》警察署もありましたが、遊郭の廃止に伴いその役目を終え、歴史を閉じたのです。

真一には華やかなネオン瞬くソープ街にはまったく行くあてがありませんでした。何百軒あるのか見当がつきませんでしたが、様々な店が所狭しと並んでいます。左右の道を挟んで植え込みがある花園通り、俗称「ソープ通り」では、店の呼び込みをする若い衆が、街を流す乗用車やタクシー客、物色している客に向かって声を嗄《か》らしていました。

いつまで歩いていても仕方がないと思っていたら、ある派手なネオンの店の前で威勢良く客に声をかけていた中年の呼び屋と、真一の目が偶然に合ってしまいました。勘の鋭そうなその男は、獲物を見つけたように真一のそばへにじり寄ってきました。「お客さん好みの、いい子が入りましたよ」と、まるで真一が目的をもってここに来たことを確信しているかのように話しかけてきました。そして真一の気を引くように馴れ馴れしく、しゃべりはじめました。人気タレント似の子とか、ハイテクニックな技術を持つ子とか、客の好みに合わせ難しい注文にも応じる子だとか、お抱えソープ嬢の特色を手短に説明してくれたのです。「サービスのいい子を教えますよ」と真一の耳元で囁きました。

それを聞いたからというわけではありませんでしたが、真一は「機能程度を確認するためなんだ」と言い聞かせると、目前の呼び込み屋と一緒にソープ店内に入りました。

店に入ると、「いらっしゃいませ」と黒の蝶ネクタイ姿の男が腰をかがめて飛び出してきました。店内には、特有の蒸し風呂の臭いと汗混じりの体臭が混合した臭いが漂っていました。店員にロビーへ案内され、店自慢のソープ嬢たちと下着姿を載せたカラー写真集を渡されました。若く豊満なボディーの子が多かったのですが、真一はそういう女性は苦手だったので、少しスリムな体つきの子を指名することにしたのです。受付にいたマネジャー風の男が真一のそばに来て、「お客様、指名の子は決まりましたか」と聞いてきました。カタログの端に載っていた小さな丸顔の二十歳過ぎくらいのソープ嬢の名前を言いました。

「お客様、この子はもうじき上がりますから、少しお待ちください。用意できましたら、こちらからご案内いたします」というフロントの言葉に、少し緊張しながらロビー待合室でアダルトテレビを見ていると、真一の後ろから若い女の声で、「お客様、お待ちどうさまでした。さやかです。ご案内いたします。どうぞ」と、呼びかけられました。声のしたほうを見ると、金髪の感じの良さそうなソープ嬢が臍出しスタイルで軽くお辞儀をしていました。

真一はソープ嬢の後からついて個室に入りました。個室には花の香りがしていました。薄く透けた臍出し姿のソープ嬢から、「着替えをしたら奥へどうぞ」と言われ、真一は衣類を脱ぐと用意してあった男浴衣を身につけ、奥の部屋へ入りました。すでに浴衣を脱ぎ、ショーツ姿になったソープ嬢が緊張感をほぐしてくれるような笑顔で待っていました。

真一は彼女の目を見ながら正直に話しました。

「お嬢さん、まったく駄目な状態なので協力して欲しいんだ」

彼女は笑顔で軽く頷《うなず》き、黙って真一の背中のほうに回り、着たばかりの浴衣やパンツを馴れた手つきで脱がしてくれました。

全裸にするとシャワールームへ手を引き、真一を立たせながら、「温度は熱いほうにしますか、ぬるめにしますか」と聞いてきました。少し熱めのシャワーを頼むと壁に向かって流し温度を手で確かめ、真一の首筋からシャワーを当て、恋人の身体を洗うような手つきで背中、肩、腰と優しく洗いはじめました。そして巨漢が座っても壊れそうにない頑丈なゴールドカラーの椅子に座らせました。大男の股間も両手で充分に洗えるくらい隙間のある通称スケベ椅子です。真一が大股を開き座っている前に来ると、腰をかがめ、胸、腹を洗い、そして躊躇《ためら》いもせず、しぼんだままの真一の股間に触ると、しなやかな細い指を使って丁寧に刺激を与えるように洗ってくれたのです。しかし、そのしなやかな指先の動きにも、股間はそ知らぬ感じで変化を見せなかったのです。

小柄な彼女は客の期待に応えたいと真剣でした。反応させようと口にハッカ水を含み、元気のない男性自身に舌や唇で刺激をくれましたが、駄目でした。

男に喜びを与えることを仕事にしている彼女のプロの熱意が伝わっていたから、真一も黙っていたわけではありません。気持ちを一箇所に集中させる努力をしていたのです。しかし、一向にエレクトしてこない状況は誰よりもわかっていましたし、最後の願いも空しく復活の見込みが絶たれたと実感しました。

真一は彼女の肩に手を乗せると、「もういいよ、ありがとう」と労いの言葉をかけ、サービスをやめさせました。二人の体は激しい動きと熱気で汗ばんでいました。彼女は真一をシャワーで洗い流し、全身を丁寧に拭いてくれました。

真一は落胆しましたが、一方ではなぜかすがすがしい気持ちでした。さやか嬢の魅力的なボディーとテクニックで、十分サービスと刺激を受けながら、微動だにしない自分自身が確認できたのです。誰を責めるわけでもなく、あとは自らの不運を慰めるしかないと思ったのです。真一は気持ちを切り換えると帰り支度をしました。

仕切りから出るとそこには、期待に応えられなかったことを詫びるような表情でさやか嬢が待っていました。真一は彼女に笑顔を見せると、「無理を言ったお礼だから」とチップを渡しました。

「ごめんなさい」と言う彼女の前を通ると、相変わらず元気な呼び込みの声が聞こえる賑やかな通りに出て行きました。花園通りの空気は、真一の心境のように冷え切っていました。

## 新吉原花園池（弁天池）跡

——台東区千束三丁目二十二番

江戸時代までこの付近は湿地帯で、多くの池が点在していたが、明暦三（一六五七）年の大火後、幕府の命により、湿地帯の一部を埋め立て、日本橋の吉原遊郭が移された。以来、昭和三十三年までの三百年間に及ぶ遊廓街新吉原の歴史が始まり、とくに江戸時代には、さまざまな風俗、文化の源泉となった。遊廓造成の際一部はのこり、いつしか池畔に弁天祠が祀られ、遊廓楼主たちの信仰をあつめたが、現在は浅草七福神の一社として、毎年正月に多くの参拝者が訪れている。池は花園池、弁天池の名で呼ばれたが、大正十二年の関東大震災では多くの人々がこの池に逃れ、四百九十人が溺死したという悲劇が起こった。弁天祠付近の築山に建つ大きな観音像は、溺死した人々の供養のため大正十五年に造立されたものである。昭和三十四年吉原電話局（現吉原ビル）の建設に伴う埋め立て工事のため、池はわずかにその名残を留めるのみとなった。

（平成十年三月　台東区教育委員会）

## 新吉原名残碑

――台東区千束三丁目二十二番　吉原神社

吉原遊廓は、江戸時代における唯一の幕府公許の遊里で、元和三（一六一七）年、葺屋町東隣（現中央区日本橋人形町付近）に開設した。明暦の大火を契機に浅草千束村に移転してきたのです。これを「新吉原」と呼び、移転前の遊郭を「元吉原」というのです。新吉原は江戸で有数の遊興地として繁栄を極め、華麗な江戸文化の一翼をにない、幾多の歴史を刻んだが、昭和三十三年売春防止法の成立によって廃止された。その名残を記す当碑は、昭和三十五年地域有志によって建てられたもので、碑文は共立女子大学教授で俳人、古川柳研究家の山路閑古による。そして昭和四十一年住居表示の変更まで、新吉原江戸町・京町・揚屋町などの町名が残っていた。

（平成元年三月　花吉原名残碑〈台東区教育委員会〉）

# 十　復活の兆し

真一は、一生治る見込みのないものだろうと正直諦めていました。しかし、この治療熱心な医師との偶然の出会いで、回復への意欲が湧いてきたのです。

真一も指示に素直に従っていました。その甲斐があってか、ささやかながらその兆候が出はじめたのです。勃起不全はすでに五年の年月を経過していましたが、先生が自信をもって言っていた通り、治療方法を変えてから半年後に微妙な感触があったのです。

たとえて言うなら、セックスは人類にとって水や空気の存在と同じです。その自然物がある日突然なくなったら、この世は終わりです。想像のつかない大事件ですが、男は哀れ生き甲斐をなくした腑抜け状態になってしまうのです。女性は棺桶に入るまで男性を求め、女性の特質を表現しますが、男とてあまり変わることがなく、いつでも凛々《りり》しく、女性の求めに応じることが逞しい男の証なのです。

しかし男性は、ある年齢に達すると老化現象が現れ、そちらの機能が低下することは避けられません。そのときが来ることをすべての男性は知っていますが、自分だけはいつまでも若々しいことを、そしてその日が一日でも一秒でも遅れることを願っているのです。しかし、神様は公平に無情な裁きを下します。

それも自然の流れで枯れていくというのなら、老化だと諦められますが、真一は薬物の副作用で老化と同じ状況になったのです。男だけの持つ崇高な使命が果たせなくなったのです。最悪な状態になったとしても、「なったものは仕方がない」と簡単に諦められるものではありません。生死に値するくらいの大問題です。しかし、その失っていた機能が再び復活し蘇るとしたら、それは世界の様子が変わるくらい大きな変化なのです。

微妙な感覚が下半身にあったとき、真一は五十五歳でした。

医院に一年通院しましたが、先生の治療への熱意がうれしいほど伝わってきて、それだけでも感謝一杯でした。先生は診察室で真一を診察する時、真面目な顔で勃起症状を聞いてきます。真顔で下半身の質問をされる真一は緊張しながら、症状をできるだけ正確に答えていました。漢方生薬は速効性の効果は出ないが、副作用が一切なく、安心して飲めるものです。そのお陰で忘れていた股間の疼きをまた、感じはじめていたのでした。

真一は思い切って待合室で見たポスターの話を持ち出しました。

「先生、私もバイアグラを飲んでいいでしょうか」
先生は真一を見つめながら、「小野さんの身体は充分に検査済みです。どこにも問題がないから使っていいでしょう」と答えました。そして先生は、「約束してください、他の人にあげては駄目ですよ、小野さんだけが使ってくださいよ」と強く念を押され、処方箋を書いてくれたのでした。

調剤薬局で処方箋を受付へ出すと、受付の若い事務員の強烈な視線を感じたような気がしましたが、それは真一の気の回しすぎでした。後ろめたいような罪悪感がそう思わせたのです。後輩からプレゼントされた貴重な二十五ミリグラムは使う機会もなくサイフに入れたままでした。その上当面使う当てもなかったのにバイアグラを十錠も受け取ったのです。この日がバイアグラを自らの意志で手にした日でした。しかし、真一は飲み方も効果も、そして一番気になる副作用のことも、全然知りませんでした。飲み屋で隣り合わせたサラリーマンが酒の勢いでバイアグラにまつわる話を自慢気にしているのを聞いた程度でした。

不安と期待が頭の中で交錯していましたが、薬剤師から使用説明を受けながらも、手に入れた貴重品を上着の内ポケットに収めたのです。

前後して妻の顔が浮かんできました。妻は真一が勃起障害になったことは承知していましたが、元々自分から性交を積極的に求めるようなタイプではありませんでした。その上、一、二年前から婦人科に通院を続けていたのです。

妻のことは当然心配でしたが、案ずるほどのことではないと聞いていました。真一が勃起障害で妻を愛せない体になってすでに五、六年が経過しています。妻には申し訳ない気持ちで過ごしてきました。それが長年の苦悩の末、機能に復活の兆候が現れ、男としての欲望が湧き起こってきたのでした。本来なら状況を妻に伝えるとともに、一緒に喜んでもらうのですが、運悪く妻はそれを分かち合うことができない体になっていたのです。仮に復活したことがわかれば妻は一時的に喜びはしても、後から当然のように男として蘇った真一のことを、日々不安な精神状態で過ごすことは明白だと思ったのです。

将来起こると思われるこの矛盾を無視して、通り過ぎることはできないと思いました。しかしその一方で、真一は疼きを感じ、さらにバイアグラを入手したのです。

男としての欲望を満たしたい気持ちは否定できないものでした。忘れていた感動を確かめたい衝動に駆られていたのです。いずれ真一は妻の目を盗み、妻以外の女性と関係を起こすことになると思いました。いくら時間をかけてもこの問題を解決することはできないことも悟りました。解決には三つの選択肢があると思ったのです。

一つ目は、真一が愛妻のことを思って耐え忍ぶこと、二つ目は妻にわからぬように行動をとること、三つ目は妻に告白し浮気程度の遊びを承諾してもらうことでした。真一がとろうと思った選択は二つ目の考えでした。どれも難しいことでしたが、自分が一番に望む答えを選んだのです。その代わり、妻に絶対わからないようにできないなら、実行してはいけないと誓いました。

腰の立たない老人になるまで女性を避けられない男の体質は、真一自身が一番よく知っていました。

この世に誕生して以来多くの難関を突破してきた男は、さまざまな戦闘で負った傷口を愛しい女の心と体で癒されることを望んできたのです。またそのご褒美が受けられるとわかっているからこそ、必死に体当たりし戦ってきたのでした。生きる喜びや目的を持った男の身体は、真っ赤に焔《ほのお》を上げて燃えているのです。真一はまだまだ戦い続けなければならない「男」を意識していたがゆえに、戦いの後の愛しい女の癒しを望んでいました。生き甲斐や目的を持たない男の体は、戦いを放棄し、はじめから癒しを望むこともありません。

真一は戦える男でした。妻には心の中で許しを請わねばならなかったのは事実でしたが、妻を泣かすようなことは絶対しないと決意したのです。恥ずかしい思いをして入手したバイアグラでした。自分の身体に実際に効果があるのかないのか、禁断の果実を食べるような複雑な心の騒ぎを感じるのでした。人の言葉を鵜呑みにせず、信じるか信じないか、これほど大事なことは自分で確認し、判断を下そうと思っていたのです。それには自分自身の服用体験が先決です。

知られてはいけない宝物を隠しているような心境でした。後輩からプレゼントされた小さな貴重品もまだ財布の中でした。一刻も早くそれを取り出し、身体にどの程度の影響があるか試したかったのですが、その機会がありません。安全性の真偽についての情報はゼロに近く、使用に不安を覚えていたことも確かでした。

アメリカでバイアグラが発売されたというニュースが世界中に流れると、日本でも希望する人たちが多くいましたが、薬品としての安全性を重視する当局は、多くの国で評価されていたにもかかわらず、なかなか日本上陸を認めませんでした。しかし、海外にいる人や目ざとい業者によって持ち込まれるのを防ぎ切れず、見る間に国内に流通するようになりました。その勢いで、国内に流れてくるバイアグラは、官の手に負えるものではなくなり、新薬としては異常な速さで審査され、認可された特別な薬品と言われています。

国内にバイアグラそのものが出現して日も浅く、効果や悲劇の噂が事実のように先に世間を飛び回っていますが、安全性については殆ど情報がなかったのです。真一が耳にした噂は、バイアグラを服用し、愛人と性交中に血圧が異常に上昇し、あえなく腹上死をしたとか、恋人との熱く激しい性交中に心臓麻痺で死亡したとか、夫や息子の遺骸を引き取りに行かねばならない家族は大変恥ずかしい思いをしたなどという、笑えない話でした。

一方で、バイアグラの効果が強すぎて性交後も勃起が収まらず、ズボンの前が盛り上がり、恥ずかしくて何時間も外出もできなかったとか、六十半ばにして一晩に二度も性交を求めて奥さんに感激されたとか、また痛みを感じるほどの膨張感で自信を取り戻し、忘れていた青春を満喫したという話も聞きました。男なら誰でも一度は体験してみたいと思うような夢のような話です。真一は一刻も早くモニター体験をし、安全性を確認したいと考えていました。

待ち望んでいたその日が、予想より早い時期に到来しました。妻と娘が一緒に銀座へ出かけるというので留守番を頼まれたのです。真一は内心小躍りをしたのですが、顔は平静を装っていました。妻と娘は夫が不心得なことをするとは少しも考えずに、「留守をよろしくね」と、笑顔を見せて出かけていきました。

この千載一遇の機会を、真一は待っていたのです。勃起障害の真一は一刻も早く現状を把握したい立場にありました。噂に聞く効果や副作用が正しく伝わっているのか、是非ともモニター体験をしてみたかったのです。しかし、いざとなると実際は思ったほど簡単ではありませんでした。実験場所の確保と、次は現物の処理でした。現物は小さな物ですが、効果はてきめんといわれているので、そのまま丸々使うことはできないと思ったのです。反応を極力抑えるために、小さい宝石の原石のような青い錠剤を、小分けしてテストしようと思いました。服用から結果までの効果を見るためには、結構長い時間がかかると計算していたからです。

いよいよ行動開始でした。妻たちの足音が遠ざかるのを確認し、それでも用心のために五分の間を置いてから作業場の準備に取りかかることにしました。

作業場は仕事がしやすいように食卓テーブルを使うことに決め、その上を綺麗に片づけました。そして作業中に音が立たないように新聞紙をテーブルの上に厚く重ねて敷き、その上にラップを二重に巻いた樹脂のまな板を載せました。次は小分けするのに使う包丁と厚刃カッターを揃えれば、一応完全犯罪の準備が整います。

ラップの上に怪しい光沢を見せる小粒のバイアグラを置きました。緊張しながら改めて手にして見ると、思ったより小粒でした。

小さな粒の両端を左手の親指と人差し指で強く押さえ、包丁の刃を真ん中に当て二つに割ろうと試みましたが、失敗でした。包丁の刃先が思ったほど鋭利でないし錠剤の面積が小さく、また表面が思ったより固いため刃先が滑り、傷はついても思うように切れませんでした。そこで厚刃カッターを使ったら、簡単に割れました。しかしカット面がずれたので変形しました。

大した作業ではなかったのに、カッターを持った手には、じっとり汗が滲んでいました。ラップを巻いたまな板の上には、切り口から出た粉末やカットした際に落ちた小さな破片が散らばっていました。真二はそれを息で吹き飛ばさないように神経を使い、少しも残らないように一箇所に寄せ集め、ラップで包みました。

妻たちが戻るまでに充分すぎるほど時間はあったのですが、用心のために用意した物を片づけ、テーブルを元のようにセットすることにしました。後ろめたい気持ちで焦りを感じていました。一息ついてからラップに包んだ破片や粉末を飲んで試すことにしたのです。

真一しかいないのに部屋の中の雰囲気は重く、思ったより緊張感がありました。切り口から出た粉や砕けた小さな破片をさらに一箇所に寄せ集めて、冷たい水と一緒に喉へ流し込みました。音が静まり、緊張感が走りました。

当然ですが、すぐには何も起こってはきませんでした。しかしそのうちしだいに顔が火照ってきて、少し口の中が乾いたような感じになったのです。これが反応の一部かと思いましたが、それは極度の緊張感によるものでした。

しばらくすると股間に微かな反応を感じたような気がしました。股間にそっと手を当てると、間違いなくいつもは感じない膨張感が手の平へ熱く伝わっていました。微量の粉末でしたが、それだけでもたしかに反応があり、信じられないくらいの興奮を覚えました。これだけでは安心できませんが、効果はすぐ出るようです。

後は何もなかったように整理整頓し、証拠隠滅です。そして、銀ブラをして気分良く帰宅してくる妻たちを笑顔で迎えるために、心の準備をするのでした。

# 十一　止まり木・話し上手で聞き上手

当時、サラリーマン真一が飲みに行く店は、赤坂を含めて三〜四軒ありましたが、特に気楽に過ごせる店は通勤沿線上にあったバー「N」でした。三年前に偶然入って以来、気に入っている店で、店内はどこの店とも変わりないのですが、雰囲気が一番の理由でした。

真一が「N」へ寄る時間帯はいつも常連客で狭い店が満員でした。満員の秘密は、ママをはじめとした、七人の侍ならぬ七人の従業員の女性たちと、常連客との鮮やかな会話にあるようでした。客に媚を売るわけでもなく、だからといって客を粗末にするわけでもなく、いつも対面にいて、一人一人の常連客の癖を把握し、客を満足させる気遣いと努力をし続けている店でした。ママの指導力はもちろんですが、女性たち一人一人の個性が調和し、いつも自然な雰囲気を保っていたのです。そのことに真一は感心していました。

「N」のママは、生まれも育ちもチャキチャキの下町娘で気だてが良く、いつも気楽な雰囲気を小柄な体全体から出していました。客のどんな話でも上手に受け答えし、難しい話にも相談に乗る気さくな人柄が人気の一つでした。いつも若々しい気品を漂わせ、頭の回転が速く、客扱いや差別を絶対にしませんでした。その背後に頼もしいスタッフの協力があったのはもちろんですが、それにしてもいつどこで磨いてきたのか、それとも天性なのか、勘の鋭いママでした。

ママの次に控えているのが大番頭格のミッちゃんでした。ママが不在でも客のもてなしは完璧で、充分にママの代理を務められる、周囲からも信頼の厚い女性でした。常連客のカラオケのリクエスト曲を一瞬にして探し出す特技は絶品で、肝っ玉母さんみたいな姉御肌で、店一番の酒豪でした。それからキョウちゃん。いつも明るく元気いっぱいの女性でした。日中はデパートで働いています。趣味のゴルフはシングル・クラスで、仕事の帰りにフィットネスクラブで体力を作っていました。そして次はマサミちゃん。おきゃんぽいが涙もろい性格の、いつまでも気の若い四番手です。そして長身のマリさん。不幸な離婚歴はありましたが、暗さを微塵も見せず、二人の子供を女手一つで立派に育て、バー「N」には週二、三回出勤して頑張っていました。明るく負けん気の強い頑張り屋です。六番手はジュンちゃん。体調が優れないことが多いのが気になりますが、下町の女の粋な雰囲気と色気があります。それから、その細身からは想像できないくらい酒豪だと噂のマイさんが七番手にあたります。こうした面々による精鋭女性陣でした。

どこの店にも、決して引けをとらない個性豊かな七人の女性が、この店の特色でした。七席あるカウンターの一番端の席が真一の定席でしたが、他の常連さんも馴染んでいるようで、曜日によっては、開店当初からの常連で、地元歯科医師会の会長を務める気さくなO先生が鎮座していたり、ママの商社OL時代からの知り合いで、会社幹部の安定した職を捨て一念発起して独立し、現在は実績を残し悠々自適、その上博学で美食家のT先生が座っていました。

そのほか、二、三曲歌うと気前良く精算するMさんや、コンピューター・ソフト会社に勤め、閉店近くになると顔を見せる錦糸町の住人Tちゃん、新顔のお洒落な若夫婦らが常連でした。その他の客の顔ぶれを見ても多士済々で、いつも上着の胸から絹のポケットチーフを覗かせているダンディーな会社経営者や、自宅が横浜でまるきり方向が違うのに、金曜日になると来店するS氏、塗装会社の社長でゴルフはプロ並みのNさん、子供の頃にやはり苛めに遭いながらも今は歯科医院を開業し、時々大学で講義もする、酔うほどに賑やかなUさん、そしてママの幼友達で、祭りの花形、神輿《みこし》担ぎを今も楽しむ粋な奥様H子さん、ママを今も慕う中学時代の先輩職人さんたちなど、バー「N」はそんな顔ぶれで、いつも繁盛していました。

ママは聞き上手で、その嫌味のない人柄に真一も惹かれ、彼女と向かい、語り合える時間帯を選んで足を運んでいたことは、紛れもない事実です。

客があまりいない時を見計らって真一のそばに来ると、子供の様子を見るような目で、静かに話しかけてくるのです。警戒心を持たせない上手な会話につい真一も乗ってしまい、いつの間にかいろいろな質問に答えてしまうのでした。

ママの質問は当り障りのない話から入ってくるのです。しかし、話題はいつの間にか、真一の好みのタイプやこれまでにつき合ってきた女性のことになっていました。

しかし、真一には周りが思っているほど交際した女性はいませんでした。六十にまもなく手の届く真一の人生ですが、真剣に付き合った女性は片手で充分でした。少ない交際でしたから一人の女性も忘れることなく、心の奥に大事な思い出として仕舞っていました。真一は不器用だったし、遊び感覚でつき合うことができなかったのです。相手の女性にしてみれば面倒なタイプだったかもしれません。真一はいつも真剣に交際していたのです。

初恋相手は、父に連れられて行った家の隣に住んでいた「清水」と表札がかかっていた家に住む姉妹の、姉のほうでした。そのころは旦那さんから生活の面倒を見てもらっている女性を〝お妾さん〟と呼んでいました。彼女のお母さんがそれでした。外で見かける程度だから、もちろん会話など一度もありません。下の名前も覚えていないその初恋相手とは、ある夏の暑い夕方、屋根の上で偶然に出会ったのです。

真一と弟の部屋は屋根裏でした。学校から家に帰った時、店の手伝いがなければ外の景色を見る時が唯一、真一の心が和む時間でした。

ある日の夕方のことでした。いつものように真一が夕焼け空を見ようと小窓から顔を出すと、前方の屋根の上に女の子が座って、じっと遠くの空を見つめていました。真一はなにげなく女の子を見ていたのですが、そのうち真一と女の子の眼が合いました。特別に驚く風でもなく、にこりと笑って頭を下げてきました。気の弱かった真一ですが、その笑顔に勇気づけられ、「そばに行ってもいいかい」と聞くと、女の子は黙って頷いてくれました。真一の心の中でぱっと何かが光りました。真一は女の子のそばへ行くと、屋根の上で一緒に並んで、茜色に染まっている夕空を見ていました。

女の子は真一と同じ中学生で一、二歳下のようでした。そばに行って浴衣を着ていることを知りました。吸いつくような眼で真一が女の子を見つめていたので、女の子は恥ずかしそうにして顔を伏せました。真一も何を話していいやら困ってしまい、二人はほとんど無言の時間を過ごしていました。それでも隣の女の子をそっと見ると、色白な顔と切れ長の目、そして思ったより鼻筋の通った、「女の子」というより「綺麗な人」という感じがしました。

美人でしたが、母親と思われる女性とは顔つきも肌の色も違っていたように真一は思いました。しかし下の妹は母親によく似た気の強そうな顔をしていました。やっと二人でいる雰囲気に慣れたので、真一が話しかけようとしたとき、下のほうから女の子の名前を怒鳴るように呼ぶ声が聞こえてきました。

女の子は、はっとしたような表情を真一に見せて言いました。

「お母さんが、呼んでいるから」

そう言って、そそくさと屋根から下へ降りて行ってしまいました。

考えてみればほんの僅かな時間でしたが、真一が生まれて初めて異性として意識し、心を開き、言葉を交わした女性だったのです。

しばらく経ってから、真一が学校に出かけているときに、運送屋が来て一家は「急にどこかへ引っ越しをして行ったのでした。そのことを知った真一は、大事な宝物をなくしたような、さびしい気持ちになりましたが、またいつかどこかであの子に会えたらいいなと心の奥で密かに願っていました。でも、それは叶わぬ願いのうちに終わってしまったのです。

残念ながら初恋のその人とは、あの夜以来二度と会うことができませんでした。瞬間的な出会いでしたが、初恋の女の子の顔はまだ忘れずに覚えています。それは思春期の懐かしい思い出でした。


真一は「N」が準備中に一番乗りすることがあります。

真一はミッちゃんに挨拶をすると、誰もいないカウンターの定席に腰を下ろします。すると、ミッちゃんも慣れたもので、てきぱきと準備をしながら、真一の焼酎と梅の入ったグラスを用意し、焼酎を注ぎ、お湯を足し、梅の実をほぐし出してくれるのです。ママが来るまでミッちゃんと世間話をし、カラオケで習いたての唄の練習をするのでした。そんなことをしていると時間の経つのは早く、綺麗に見繕いをしたママがいつものように「ごきげんよう」と笑顔で入ってくるのです。

ママには悪いのですが、真一は常連が揃う前のこの静かなひとときが好きでした。ママはいつも自然体で語りかけてくれるので、打ちとけた会話が弾むのでした。

男は童貞を、女性は処女を捨てた時のことを覚えているものです。真一が童貞を捨てたのは十五歳のときでした。相手の女性は、雑誌で見ていたモデルのような人ではなく、ずっと年上の街娼婦のお姉さんでした。学校や家で苛めや差別を受けていた真一でしたが、誰から教わらなくても本能的に女性の肉体に興味を持つ年頃になっていたのです。

テレビなど満足にない時代でしたから、毎月父の知り合いの床屋さんで、自分の番が来るまで時間つぶしに雑誌や女性誌を見るのが楽しみでした。当時は大人向けの雑誌を見たくても、子供が堂々とその種の雑誌を手にとって見ることなど絶対にできない窮屈な時代でした。それでも大人の視線を盗み、本をめくっていたのです。庭をバックに佇んでいるだけの映画女優の写真を見ただけでも、恥ずかしい気持ちになった純情な思春期でした。そのような雑誌を現代のように誰も見ることができる時代とは天と地ほども違う、制限された時代でした。それだけに当時の真一には、充分過ぎるくらい眩しい写真だったのです。多感な年頃の少年には、辞書や雑誌で、「下着」や「子宮」、「性交」などという活字を見ただけで体中の血が熱くなり、勢いよく流れるように興奮したのでした。

日課だった縫製工場への配達の途中に必ず通る道がありました。飲み屋街のあちらこちらの辻《つじ》に立つ派手な化粧の街娼のお姉さんたちをよく見かけていました。

真一は義母と一緒に銭湯へ行くのが嫌でした。義母と行くと真一も女風呂に入らされたからでした。小さな子供でも男の子です。女性の身体への関心はあるのです。だからこそ銭湯に行くと顔を上げることがなかなかできなかったのです。

当時の真一は同年代の男たちと比べると晩熟のほうでした。同級生は授業の合間になると、女生徒の胸の膨らみを観察し、それぞれ勝手な想像を膨らませ、興奮していたのです。真一は話の輪に入れてもらえなかったのですが、興奮気味に話す同級生たちの声は耳に届いていました。それなりに充分に異性を意識していたのです。そして多感な十五歳ともなれば、見たこともない男女との交わりを想像するだけで、小さなチンチンも自然に反応し、硬くなっていたのでした。

おませな同級生たちの話を耳にして、自分もいつかは皆と同じように体験をしたいと思うのはごく自然なことでした。毎月貰う僅かな学用品代や顔見知りの小父さんから貰った小遣いを大事に貯めていたので、貯金箱の中には予想外の貯金がありました。真一は大胆な計画を立てていました。正月に貰うお年玉と貯金で目的を果たしたいと思っていたのです。真一にしてみれば、誰にも相談できず、行動に移すにも大変勇気がいりましたが、気持ちは抑え切れないものになっていたのです。

頭の中で描いている女性は真一に優しく、思うがままに身を任せられたのですが、現実の男女のことは未知の世界でした。正月にお年玉を貰い、まとまった金額になると、全額を財布に入れて、夜の町へ行きました。後は交渉するだけでしたが、これが最大の難関でした。背も低く、頭はぐりぐりの坊主頭でした。普通に出かけたのでは相手にされず、子供だと馬鹿にされるのが落ちでしたから、大人に変装しなければならないと考えました。物置にあった箱から探してきた父の古い帽子と、父からのお下がりのオーバーを用意し、いつも配達の途中で見ている飲み屋街へ歩いて行きました。無我夢中で行動していたので、どう歩いて行ったかさえまったく覚えていないのです。

決行日などと言えば大袈裟ですが、十五歳の真一には一大決心に違いありません。真冬の札幌は、一日中石炭をストーブで燃やしているので、家庭の煙突から出る煙と、低く垂れ込めている雪雲で日光が遮られ日中でも薄暗いのです。

電信柱についている電球の下では、街娼のお姉さんたちが寒さしのぎかタバコを吸って客を待っていました。真一は寒さと極度の緊張感で身体中がこちこちに硬くなっていました。

未知の世界へ向けて進む、決死の探検隊のような思いでした。雪の降り積もった道は下がった温度で凍結し、歩くたびに靴裏がキシキシと鳴くのです。音が響くので、静かなその一帯は真一が歩いているのが誰の耳にも聞こえました。お姉さんたちは真一を見ました。

街娼がたむろしている当時の南六条通りでした。正月のお年玉と貯金を一つにして財布に入れ、それを落とさないようにしっかり手で押さえ、そして子供だとバレないように帽子を目深にして、あてもなく歩き回りました。人通りの少ない道路を行ったり来たりしていれば、勘の鋭いお姉さんたちからはその怪しげな行動はお見通しでした。気がついていないのは真一本人だけでした。

やがて、辻に立っていたお姉さんの一人から、「お兄さん遊んでいかない」と声をかけられました。そばに寄ってきたお姉さんはスカーフを頭から被った年配の女性で、真一の思い描いていた女性ではありませんでしたが、えり好みなどできるはずもありませんでした。真一は蛇に見込まれた蛙のように身動きができなかったのです。

近づいてきたお姉さんは真一の格好を見ると納得したのか、「遊ぶんでしょう」と言うと真一の手を強く引き、薄暗い狭い路地を歩き、古びた旅館の玄関の戸を横に押し開けたのでした。自分の家のように人気《ひとけ》のない暗い玄関で靴を脱ぎ、家の中へ上がるので、真一は狭い急勾配の軋むような階段をお姉さんの後ろを追いかけるようについていったのです。

二階は薄暗い裸電球がぶら下がるかなり冷え込んだ四畳間でした。頭にかぶったスカーフも取らないお姉さんと入った部屋には、薄汚い感じの座布団が壁際に数枚重ねてありました。お姉さんは慣れた手つきでその染みのついた座布団を変色した畳に三枚並べると、服を着たまま穿いていたスカートを腰のあたりまでまくると、部屋の中で要領がわからず呆然と直立している真一を手招きして呼び寄せ、真一のズボンのベルトを外し、一気に下げました。

完全にお姉さんのペースでした。お姉さんは毛糸の下着を脱ぐと素足の両足を広げ、坊主頭の真一を足元に立たせ、小さく縮み込んでいるものを摑み出し、「坊やは初めてなんだね」と笑いながら、やおら小さくなっていた小指のような一物を冷たい指で軽くさすったのです。

恥ずかしさを通り越した真一は呆然と見ていただけでした。お姉さんは刺激で少し硬くなったのを見ると、可愛いチンチンの頭からコンドームを被せ、自分の少し温かみのある黒々した股の間に差し込んでくれました。真一は頭の中は真っ白で、お姉さんの肩にしがみついていました。

「乗ったまんまでいないで、坊やも腰を使いなさい」と叱られました。

どう腰を動かせばよいのかわからないままに少しずつ腰を動かしはじめました。夢中で上下動していたら、何分もしないうちに真一は、下半身のあたりがなぜか熱くなってきて、オシッコを漏らしそうな気分になりました。

「お姉さん、オシッコが出るよ」と必死に言いました。

「いいからそのまま動いていなさい」

しかし、お姉さんが返事を言い終わるのと同時に、我慢できずに熱いオシッコを出してしまったのです。

大変なことをしたと思い、「お姉さんごめん」と言ったら、お姉さんが腰をずらし、真一の小さくなったチンチンから湯気の出ているゴムを取り外してくれました。そして真一に見せるように、乳首のようなコンドームを電球の下にかざし、「ほれ、坊や、こんなにいっぱいミルクが入っているよ」と揺らして見せてくれたのです。

これが真一の初体験であり、俗に言うところの筆下ろしでした。昭和三十三年三月三十一日を最後に廃止された売春防止法の成立二ヶ月前の正月のことです。薄野の外れにあった青線地帯でした。

「N」のママも大恋愛の末、少し年下で金持ちの男性と盛大な式を挙げたそうですが、幸せな結婚生活も長くは続かなかったようです。

別れにはそれなりに事情があるものです。女性は男性のようにいつまでも別れた人を思っていないようです。男は無神経なのか、わりあい平気に別れた彼女の昔話をするのですが、大概の女性には二度と触れられたくない傷口なのかもしれません。

真一の初めての交際相手は瑠恵という女性でした。その当時、東京の赤坂山王付近に存在した超高級クラブ「ラテン・クォーター」に似せた、薄野の高級クラブ「ラテン・クラブ」。そこで働くホステスでした。瑠恵は青森県北津軽の出身で、厳寒の地の生まれらしい、きめ細やかな透き通った肌をした口数の少ない女性でした。瑠恵と真一の出会いは運命のいたずらでした。先輩たちと早い時間から梯子酒《はしござけ》して飲み歩いていた真一が酔った勢いで入った店で、真一の隣に偶然座った運の悪い女性が瑠恵でした。病気で亡くなったシャンソン歌手、岸洋子風のヘアー・スタイルをし、顔も体型もわりあいその歌手に似ていました。

真一は彼女の持つ独特の雰囲気に、一目見たときから熱を上げたのです。「ラテン・クラブ」の常連は社用族で、東京か大阪に本社のある会社の札幌支店やその関係者の接待で毎晩賑わっていました。

真一が一目ぼれした瑠恵に会いたくても、高級クラブへおいそれと飲みに行くことはできませんでした。それでも、青二才で金もないのに、一方的に熱を上げた真一は、たびたび知り合いに頼んで金を調達すると、早い時間からクラブへ意気揚々と乗り込み、瑠恵を指名したのでした。

世間は戦後景気に浮かれ右肩上がりの時代で、水原弘の「黒い花びら」が大ヒットしていた頃でした。

無職の真一に一方的に惚れられた瑠恵も、店も困りましたが、客の真一に面と向かって断る理由がなかったのです。瑠恵もはじめは音を上げていましたが、真一の熱意にほだされ、渋々つき合いはじめたのでした。真一は「捜し求めていた人に出会った」と勝手に思い込んでいたのですから始末に負えません。真一に惚れられた瑠恵こそ一番の被害者でした。挙句の果ては一ヶ月も経たぬうちに瑠恵が一人住むアパートに強引に押しかけ、同居したのです。

毎日遊んでいるだけの真一は精力があり余り、惚れた瑠恵がそばにいれば、相手の気持ちなどお構いなく、飢えた動物のように身体を求めていました。同棲して間もなく瑠恵は身籠りましたが、遊びたい盛りの真一は瑠恵の身を案じることもせずに、当然のように堕胎させたのです。しかし、その反面、瑠恵を将来は結婚したい女性と勝手に決め、母に引き合わせ安心させたいと思っていたのです。ある日突然、瑠恵を連れて洞爺湖の温泉地の観光ホテルでメイドとして働いていた母を訪ねたこともありました。

真一の同棲生活ははじめから無理なことが多すぎたのです。定職のない真一には安定した収入がなく、瑠恵は倍以上になった生活費を今までの収入でやりくりしなくてはなりませんでした。瑠恵は、どんなに苦しくても金銭の話を一言も言わない、我慢強い女でした。その頃の真一は世間知らずで、思いやりの欠片《かけら》も持ち合わせていない、いい気な男でした。気に入らないことがあると我儘《わがまま》を言って瑠恵を困らせたのでした。

そんなある日、真一が電気の消えた暗いアパートに戻ると、待っているはずの瑠恵の姿が見えないのです。はじめは外出していると思っていたのですが、どうもいつもと雰囲気が違うのです。彼女と一緒に住んでから余計な心配をしたことはありませんでしたが、のんびり屋の真一もさすがに慌てました。当時は今のように便利な携帯電話もなく、そもそも電話があまりない時代でしたから、簡単に心当たりに問い合わせたり、探すこともできなかったのです。すでに夜中でしたが、アパートから三十分離れたところに住む瑠恵の姉を訪ねることにしました。何も考えずに真一は駆け出して行きました。その姉も水商売で働いていたから、真一が訪ねて行った時はまだ仕事先から戻っていませんでした。しかし、ほかを探すほど彼女のことについては知らなかったのです。そのぐらい自分勝手な生き方をしていたのです。瑠恵の友達も行きつけの店もまったく知りませんでした。真夜中を過ぎ、明け方近くなった頃、やっと姉さんは帰ってきましたが、真一から話を聞いてもあまり心配するようでもなく、落ち着き払っていました。

「真ちゃん、いつまでもここにいられたら、寝ることができず迷惑だよ」と言うのです。

妹のことなのに少し冷たいと思いましたが、「瑠恵から連絡があったらおねがいします」とだけ言って引き下がりました。

三日過ぎても瑠恵は戻ってきません。真一はいても立ってもいられず、気が狂ったように開店早々のクラブへ行き、恥も外聞もなくマネジャーやホステスたちの間を走り、瑠恵に関することを聞きまくりました。これほど真一の心が乱れたことはなく、寝ずに探したので、正直身も心も疲労困憊でした。

一週間後でした。姉が真一のアパートを訪ね、「真ちゃん、瑠恵の居場所がわかったわよ」と教えてくれたのです。

一刻も早く聞きたいとはやる気持ちを抑えて、「どこですか」と聞くと、「青森の実家に戻っているらしいわ」と言うのです。そして姉はそれだけを真一に伝えると、住所を書いた紙を置いて帰って行きました。紙切れには「青森県北津軽郡○○町K村字○○、○○○」と瑠恵の実家の住所と父親の名前が書かれてありました。真一は瑠恵と同じように口数の少ない姉さんが「真ちゃん、瑠恵を迎えに行きなさい」と言っているように思いました。

朗報は疲れを一気に吹き飛ばし、すぐにも飛んで行きたかったのですが、準備に手間取りました。真一はいつも着用している白い派手なオーバーコートと首にグルグル巻きできるほど長い黄色の毛糸のマフラー、滑り止め用のゴムを底に張った革靴という軽装で函館行きの夜行列車に乗ったのでした。

函館もそして青森も青函連絡船も何もかも皆初めてでしたが、心は瑠恵の住んでいる青森へ飛んでいました。六時間以上も汽車に乗りつづけ、やっと函館駅に汽車が到着した頃は深夜で、真冬の函館港はさらに冷え切っていました。

雪の降る中を青函連絡船の停泊している船着場へ歩きましたが、少しも辛いとは思いませんでした。青函連絡船の船底に近いところが三等客室で、通路左右の畳敷き大広間が寝室でもありました。その広間も続々来る旅人たちで埋まり、真一がなんとか一人寝られる隙間だけが残っていました。その夜は船底で一泊し、早朝に連絡船は青森港へ向けて船出をしました。

しかし、真一は瑠恵を思うほど頭が冴え、少しも眠ることができなかったのです。瑠恵に会ったらはじめにどんな言葉をかけようかといろいろと考えていたからです。少し寝ておこうかとも考えたのですが、どうしても寝つけないのです。

真一は三等船室から出て階段を上り甲板に出ると、遠くに見える雪化粧をした本州の島影を見つめて、冷たい潮風を胸に吸い込みました。真っ赤な朝日の昇る中、冬の海上を滑るように大型連絡船が力強いエンジン音を響かせて進んでいました。晴天の青森港は、朝の仕事始めで活気があふれていました。

真一は紙に書かれていた津軽の住所に行くのにはどの汽車に乗ればよいかわからず、駅員に聞きに行きました。駅員はそんな真一を見上げながら、五所川原行きの汽車が入るホームを教えてくれました。

ちょうど、通勤通学の時間帯だったのか、客車の中は満員で、大人や学生たちで混み合っていました。学生たちがそれぞれひと塊になって方言で話す会話は正直理解できなかったのですが、かえってそれが真一には刺激になって疲れを払ってくれたのでした。

やがて汽車は五所川原駅へ到着しました。しかし、ここは目的地ではなく次のK駅行きの電車に乗り換えなければ、愛しい瑠恵のもとには辿り着けないのです。

乗り継ぎ駅の五所川原からは単線でした。単独のディーゼル電車でしたが、列車内は空いて人もまばらで車内の中央には石炭ストーブが燃えていました。背負子《しょいこ》を肩から下ろした行商のお婆さんたちが、剥いたみかんや切り餅を焼いていて、実にのどかな車内でした。電車は一面の雪景色の中を走行していました。外は一面の雪、雪、雪の銀世界で、太陽の光を反射させてキラキラと光っていました。

K駅へ到着しても、そこはまだ最終地ではありませんでした。小さな駅の改札を出ましたが、周辺にはバス停の立て看板が何本かあるだけで、瑠恵の住む村はここから近いのか遠いのかさえまったく見当がつかず、真一は戸惑っていました。村へはどうやって行くのかわからず困って、通りがかりの人に村までの行き方を尋ねると、「K村にはバスで行く」と言われました。

考えることは彼女のことだけで、視界に入っている世界さえほとんど覚えていませんでした。食事をしたことも腹に何かを詰めたのかさえ覚えていませんでしたが、どうやら村へ行くバスに乗ったようでした。

雪道特有の段差のある道を前後左右に揺られて行きました。ここに来るまでにどれだけの時間がかかったのか考える余裕もなく、真一の身体も寝不足で相当疲れていましたが、疲れたという意識はありませんでした。瑠恵に会いたいという一心がありました。大事なものを失いかけて初めて真一は、瑠恵がかけがえのない人だと気がついたのです。熱い感情が真一の身体を支配していました。

雪道に揺られ雪深い村の停留場におろされ、真一は周囲を見渡しましたが、薄暗くなりかけてきたこともあって、人家らしい建物は白い雪に隠れて見つかりません。人の通らない道は降雪のため消えていました。

真一は腰のところまで雪で埋まるのも構わず歩いて、やっと一軒の家を見つけました。そして、積雪に埋もれ、解けた雪水で凍り付いている玄関の戸を両手で思い切りこじ開け、家の中に入りました。

家にはお婆さんがひとりいて、驚いた顔で侵入者を見ていました。頭を下げ、真一が瑠恵の父の苗字を言うと、「この一帯は皆〇〇だが、名前はなんと言うのか」と聞かれたので名前を言うと、お婆さんは、「ああ〇〇かい、この道を少し行くと木こりの〇〇の家がある」と、道を教えてくれました。

真一は礼を言って家を出ると、空腹と疲れた足腰に話しかけました。

「頑張れ、もう少しで瑠恵に会えるぞ」

しかし、田舎の雪道では思うように歩が進みません。三十分は歩いたと思いましたが、すぐそばだと聞いた家が見つかりません。それでも必ずあるはずだと身体に鞭を打って頑張りました。

やがて雪の中から人家らしい建物が前方に見えてきました。汗と解けた雪とに濡れた体でやっと辿り着いた家の表札を見ると、そこには探し続けた名前があったのです。

会いたい一念でした。真一は「これで会える」と喜びましたが、果たしてこんな自分を見て瑠恵の親は会わせてくれるだろうかと不安が頭の中を過《よぎ》りました。

中を覗くと、明かりの点いている家の中に人が見えたので、真一は最後の力を振り絞ると玄関戸を開いて、土間に身体を入れ、「御免ください」と、呼びかけました。

突然の聞き慣れない大声に、驚いた顔の女の子が障子戸を少し開け、そして真一の姿を発見すると顔を後ろに向けました。部屋の障子戸が開けられ、見るからに骨太の赤黒く日焼けした親父さんが囲炉裏の端から立ち上がってきました。一段高い部屋から真一の姿を見ると、津軽の言葉で話しかけてきました。

何を言っているのか真一にはまったくわからなかったのですが、「札幌から来た小野真一というものです、瑠恵さんに会いたくて来ました」と、親父さんの目を見ながら訴えました。真一は親父さんがどんな出方をしてくるだろうかと心配でしたが、親父さんは後ろを向くと、興味深く様子を見ていた女の子たちに言葉をかけたのです。

しばらくすると奥に走った子供たちと一緒に瑠恵が丈の短い綿入れ姿で現れ、そして真一を見ると恥ずかしそうに笑いかけました。真一はその顔を見て、張り詰めていた気持ちが全身から抜けそうになりました。

「真ちゃん、家の中に上がりなさいとお父さんが言っている」と通訳をしてくれました。

長い期間、離れていたわけではなかったのですが、真一にはとても長い時間に思えていました。親父さんは、瑠恵との再会を許してくれた上に、初対面の真一を家の中にまで上げてくれたのです。

真一は囲炉裏端に座る親父さんに向かって深々と頭を下げました。早い時間から濁酒を抱えて飲んでいたらしい親父さんは、笑いながら一升びんから乳白色をした酒を湯飲みに注ぐと、太い指で手渡してくれました。真一はいつの頃からか用心深くなって酒が飲めなくなっていたのですが、その日は特別でした。せっかくの好意の酒をありがたく受けることにしました。独特の香りのする湯飲みを持ち、これが昔から農家で作り続けられた濁酒かと思いました。

少しずつ飲むと熱くも感じる酒が喉元を通り過ぎ、胃袋へ流れて行くのがわかりました。話には聞いたことがありましたが、喉に染みる濁酒でした。芯まで冷え切っていた真一の身体は、濁酒のお陰で熱くなりはじめました。

酒に弱い真一が赤鬼のような顔で、注がれるままに飲んでいるのを見ていた瑠恵が、「お父さん、真ちゃんはお父さんのようにお酒は強くないのよ」と助け船を出してくれました。そこでやっと親父さんから解放されましたが、すっかり酔いつぶれていました。気を許して飲めたうれしい酒でした。

どのくらい眠っていたのか、ふと気がつくと静かな部屋で寝かされていました。様子がわからずぼんやりと記憶をたどっていたら、足元の襖がそっと開き、足音を忍ばせた瑠恵が入ってきました。隣の部屋で寝ていた瑠恵でしたが、真一が目を覚ましたらしい様子に気がつき、抑え切れない思いで忍んできたのです。

瑠恵は黙って掛け布団の端を持ち上げると真一の体で温まっていた布団の中へ細い体を入れてきました。

久しぶりに甘い香りのする瑠恵の冷えた体を強く抱きしめながら、真一は、「自分勝手なことをばかりしてきた」と小さな声で詫びました。

瑠恵は真一の言葉に首を振りながら、「真ちゃん、よくこの遠い津軽まで来てくれたわね、私も悪かったわ」と涙を眼にいっぱいためて、真一の熱い胸元に縋ったのでした。

翌日、真一が眼を覚ますと、居間のほうから味噌汁の匂いがしてきて、それと共に、元気な子供たちの話し声が聞こえてきました。寝室へエプロン姿の瑠恵が来て、「真ちゃん、ご飯ができたから、顔を洗って食べてよ」と言って真一を起こしました。

台所には湯気が上っている洗面器と真新しいタオルが置いてありました。しばらくぶりの幸福感でした。

「おはようございます」と言って居間へ顔を出すと、食卓には瑠恵と昨日見かけた妹らしき小さな女の子が二人並んで食べていました。女の子たちは真一の声を聞いて一瞬声を止めましたが、その顔を見ると元気に朝の挨拶をして、また箸を動かし食べはじめました。

和やかな朝の食事風景でしたが、そこにはお母さんらしき人の姿がないことに気がつきました。

真一は彼女が作った熱い味噌汁を飲みました。ワカメの香りと味噌汁の味が口の中に広がりました。親父さんを探すと囲炉裏のそばですでに一人で酒盛りをしていました。親父さんと真一の目が合い、真一が会釈をし、挨拶をすると話しかけてきました。瑠恵もやってきて下を向きながら言いました。

「母さんが病気で亡くなってから、ここにいる二人の妹の面倒を見てきた。だから、学校に行くときは下の子を背負い、上の妹の手を引き、授業中もそばにおいていた」と当時のことを思い出し、顔を赤らめて説明する瑠恵でした。

そして話を続ける親父さんの目は真一に、「瑠恵は気立ての優しい子だから、可愛がってくれ」と言っていました。津軽なまりの強い親父さんの言葉は、外国語のようで全然わからなかったけれど、気持ちは充分に通じました。

「今日は二人一緒に帰れ」と父親に言われ、瑠恵は恥ずかしそうに頷くと、また話をしました。この家に来て、瑠恵が妹たちの母親代わりになって、今まで毎月仕送りをしていたことも知りました。そして短い時間でしたが、瑠恵の家族の温かな心に接し、いつもぎすぎすしていた真一の心も安らぎを感じたのでした。

体力を取り戻した真一は頭を下げると瑠恵と手をつなぎ、寂しそうな顔をした妹たちの振る小さな手に送られ、また雪深い道をバス停に向かって歩きました。

前日は不安な思いと共に電車や連絡船に乗り込みましたが、真一の心は穏やかな海、晴れた空のように澄み切っていました。札幌に戻る汽車の中で疲れて眠っている瑠恵を見ながら、津軽に残っている幼い妹たちのためにも、「瑠恵を二度と泣かせてはいけない」と真一は自分に誓いました。

札幌へ戻った二人はもとの生活をはじめました。真一は苦労をかけた瑠恵のために、なんとか一定した収入を得る方法がないかと真剣に考えていました。腹の足しにもならない喧嘩だけは誰にも負けなかったのですが、金儲けをする器量も才覚もなく、まったくそのとき暮らしだったのでした。いくら考えても充分な収入を得る解決策など見つかるはずがなかったのです。仲間は大勢いたけれど一定の仕事についている者など一人もいませんでした。考えても無駄なことでしたが、しかし津軽の幼い妹たちの顔を思い出すと、どうしようもない空しい気持ちにかられ、黙っていられる心境ではなかったのです。いっそのこと中途半端な稼業から足を洗って、彼女のために出直そうとも思いましたが、思うほど簡単なことではなかったのです。

瑠恵との同棲生活は一年近く続きました。秋から冬へ季節が変わる頃でした。真一が外出した直後のことだと後で知りましたが、事前に計画していたらしく、アパートの住人に挨拶もせず、運送屋の小型トラックに乗って、彼女はどこかへ本当に姿を消したのです。

夜になってアパートの大家から連絡を受け、真一がそのことを知った時は瞬間的にパニック状態に落ちましたが、一人で去って行った瑠恵の顔を思い出すと怒りも覚えず、かえって冷静になるのでした。それは瑠恵に苦労をかけたことが痛いほどわかったからでした。

真一は「彼女となら死んでもよい」と思うくらい愛していました。彼女との別れは身を裂かれるほど辛いことでしたが、ずっと辛抱をしてきた瑠恵の心中を思うと、自分の都合だけで二度と連れ戻してはいけないと思ったのです。彼を慕ってついてきた若い連中や仲間に声をかければ、狭い田舎町だった当時の札幌でしたから、運送屋を突き止め、配送先を知ることはそれほど難しいことではありませんでした。が、真一は思い留まったのです。瑠恵への愛情は誰にも負けるつもりはありませんでしたが、その最愛の人に何一つ幸せを与えられなかった不甲斐ない自分に腹が立っていたのでした。心の傷は思ったより深く、彼女の去った後三年間、傷口は塞がりませんでした。

しかし、その期間は真一に別れの真実を教えてくれたのです。あの我慢強かった瑠恵が、なぜ真一から去っていったのか、時間の経過とともに頭の中で整理され、やがて気がつきました。同棲生活の中で瑠恵が本に出てくる漢字がわからず、真一に聞いてきたことがありました。妹たちの世話と家事に追われ、自由な時間もなかったことを理解せずに、調子に乗ってほかの漢字を指差し、瑠恵を困らせたことがありました。その後もたびたび家事をしている瑠恵を呼び寄せ、難しい漢字を読ませようとしたり、ベッドの上でも答えを求めていたのでした。

余計なお世話が「仇」となったのです。悪意ではなく彼女のためと思った、無知で卑劣で尊大な行為でした。知らず知らずに優しい瑠恵の心を傷つけていた、思いやりに欠けた自分を恥ずかしく思いました。それは真一が身をもって体験し泣いた、あの苛めと差別そのものでした。真一は生々しくその光景を重ね、瑠恵を想うのでした。

その後真一は上京し、生きる道も目的も見つからず、日々さ迷っていた際中に、救いの手を差し出してくれた人がいました。その人のお陰で、真一は会社勤めをすることができました。それから数年後の初秋の午後でした。会社の同僚と車で荏原町付近を通過したときのことでした。ふと見た窓の向こうに、瑠恵によく似た黒っぽいワンピース姿の女性が、小さな女の子の手をつなぎタクシーを待っている姿を見たのです。

心臓が止まりそうなくらい激しい衝撃がありました。真一は一瞬車を停めてその様子を確かめたいと思いましたが、思い留まり車を走らせました。

仮にその女性があの人とだとしても、あまりにも時間が経ちすぎたと思ったからです。瞬間でしたが、幸せそうに見えたあの人に会ったところで、もうどうにもならないのです。苦労をかけたあの人に一言詫びたい気持ちは嘘ではなかったのですが、それはあの人に迷惑をかけることでしたし、真一にも大事な家庭があったのです。今でも忘れない、瑠恵の面影でした。

# 十二　赤坂の夜

一度大川と飲みに行った赤坂の韓国クラブのママから、携帯へ電話がかかってきました。携帯の番号は会社の関係者以外には教えていなかったので、「どうして番号がわかったの?」と聞くと、ママは、「大川会長から聞きました」と答えました。電話は「近いうちに大川会長とご一緒に来てください」という話でした。

真一は、「余計なことをしては困るよ」と大川に抗議をしました。大川は、「悪かった」と口では謝っていましたが、「資金集めに忙しく、飲みに行く時間がないんだ」と自分の都合だけを言っていました。

昔から何も変わっていない彼の身勝手さでした。バブル崩壊で、これまでは大儲けしていた業界や企業がその対応に苦慮していると、各メディアで毎日報じられていましたから、真一も社会人として当然気になっていましたが、それは次元の違った遠い世界の話だと思っていたのです。

仕事が予定より早く終わり、「珍しく早い帰宅だな」と腕時計を見ながら六本木へ向かって歩いているとき、なぜかママからの電話を思い出しました。「一度しか行ってないが、そう悪い雰囲気の店じゃなかったな」と思い直していたのです。

時間も早いし、「少しだけ顔を出してみようかな」と、タクシーを拾い、乃木坂から赤坂通りを山王下に走らせ、テレビ局の前で降りると、以前大川と一緒に歩いた一ツ木通りから三筋通りに曲がり、大して迷いもせず先日の店の前に着きました。

八時半の赤坂はまだ宵の口で、これから店へ出勤するホステスたちの姿が目につく時間帯でした。「これじゃ早すぎだな」と真一は思いましたが、「寄り道なんだから」と、ビルの一階奥に見えた木目のドアを開けました。案の定、店の中は静まっていたが、真一の姿を発見したホステスが「いらっしゃいませ」と声を出し、迎えに出てきました。

口開けの一番客でした。数人の女たちに迎えられ、奥のテーブルへ案内されました。席につくと頼みもしないのに、ウイスキーや氷やグラスがセットされました。「おかしいなあ」と思いましたが、目の前にいる女性の顔を見て納得がいきました。その女性は、先日大川の隣に座っていた、真一より首一つ高い、「上海からきた」と話をしていたホステス、ジュンでした。プロ意識の強い彼女はたった一度で顧客大川の親友だと紹介された真一の顔をしっかり覚えていたのです。

ジュンは真一の気をそらさないように一生懸命でしたが、真一は静かに飲むつもりでしたが、暇を持て余していた彼女たちには無理なことでした。ジュンは「ママは少し遅れて店に出てきます」と言い、「仕事はお忙しいですか？　大川会長はお元気ですか？」と矢継ぎ早に話しかけてきました。

真一は嫌な顔を見せず、グラスを口に運びながら適当に返事をしていました。そのときでした。店から連絡を受けたのか、ママが息を弾ませて店に入ってきました。手荷物を置くと大仰に腰を折り曲げ、真一に詫びたのです。

「先日は突然に電話をかけ、ご迷惑をかけました」

しばらくして客が一組入り、緊張感が解け、店内の空気が和らぎました。

ママは「この頃、急激に売上げが落ちて困っています」と、来店二回目の真一に最近の店の状況を話してきました。きっとこれは大川の入れ知恵だと察しました。ママはこの不景気に対応するためホステスを半分にしたと話していました。そう言われて周りを見ると、ホステスが先日より少なくなっているような気もしましたが、きちんと覚えているはずがありませんでした。

バブル崩壊後の不況の波は、現実離れしたこの派手な世界にも遠慮なく襲ってきていたのです。ママは、大川とは十年以上前からの知り合いで、「これまでいろいろと相談に乗ってもらい、店にも頻繁に来て頂いておりましたのに」と嘆きました。愚痴を聞かされてもただ聞くだけの一介のサラリーマンの真一でした。彼にはどうにもならない難しい話でした。

胸のつかえを吐き出してスッキリしたのか、気持ちが治まったママは、一方的に話をしたことを謝り、「何か唄ってください」と気分直しの歌を勧めてきました。疲れをほぐしに来た真一には望むところで、演歌を数曲唄いました。

二時間近くいて真一が清算を頼むとママは伝票を出しながら、「小野さんは特別料金にしますので、これからも時々来てください」と、ホステスの女性たちと一緒に見送り、頭を下げていました。

一週間後に行くと、先日には五、六人は残っていたホステスの姿が消えていて店は静まり返っていました。店にいたのは以前ママから紹介された新人が二人です。彼女たちは心細い表情で人形のように並んで座っていました。

出迎えの声もなく、真一は空いているボックス席に腰を下ろしましたが、ママの留守に突然入ってきた真一に対し、どう応対したらいいのか戸惑っているのがわかりました。二人は顔を見合わせていましたが、やがて一人がそばに来ると、「お姉さんたちは今日はお休みです」と緊張した表情とたどたどしい日本語で話してきたのでした。

店を開いて責任者がいないなんて最悪の状態だと思いましたが、短い一週間でこの店にどんな問題が起きていたかなど、真一には関係のないことでした。

二人を見ると、真一のキープ・ウイスキーの酒瓶が見つからないのか、酒棚を開けて戸惑っている様子でした。真一はその様子を退屈しのぎに見ていました。このクラブで働いて日が浅いだけでなく、段取りも教わっていないような素人以下の新人さんは大パニックでした。見ていて可笑しさを感じるような動きでしたが、どうやらセットが整いました。

慣れないことで神経を使い、冷房の効いた店で汗をかいていた二人を席につかせ、真一がグラスを持ち乾杯をすると、新人たちはほっとしたのか互いに顔を見合わせると冷たい酒を一気に飲み込んでいました。一口の酒で気持ちが落ち着いたのか、二人の表情が変わりました。

「小野さんごめんなさい、用事が終わらなくて遅れてしまいました」と、ママが言い訳にならない詫びを言いながら入ってきました。その顔には、今まで店のことで走り回ってきた苦悩の表情が出ていました。

真一は、「ママもここに来て一緒に飲もう」と、声をかけました。

酒を飲むママの表情はこわばっていましたが、見ないようにしていました。客の来ないクラブは貸し切り状態でしたが、この沈んだ雰囲気では客の来る気配もないと思いました。この店もあまり長くは持たないと感じたのです。人のよい真一は重い空気を取り払うようにカラオケをセットさせ唄うことにしました。しかし気持ちよく歌えるものでもありません。結局、終日客は真一一人だけでした。

# 十三　梅田の夜

新しい治療で、以前にはなかった感触を感じていた頃ではありましたが、真一は半年前の苦い経験を思い出していました。

出張で大阪に行くと時々飲みに行くクラブがありました。店は、真一の定宿だった梅田のホテルから近い、北新地にあったサラリーマン向きの中級クラブでした。そのクラブへ久しぶりに行った夜のことでした。ホテルへ帰る前に久しぶりに寄って帰ろうと、真一は同僚と別れてから寄り道したのです。挨拶程度のつもりでしたが、珍しく客が少なかったので、真一は顔馴染のホステスに案内されて、人が座った形跡のない、温もりのない席へ座りました。

間もなくセットを持ってテーブルについた子は、以前から真一の席によくついた忍でした。真一も気軽に過ごせる顔見知りの忍でしたから安心して飲むことにしました。

飲むにつれ話が弾み、気楽な気分になってきたとき、忍から、「小野さん、この後、どうされるの」と、突然尋ねられました。

「ホテルへ戻って寝るだけさ」と、短く答えると、忍から、「曽根崎でいい店を知っているから一緒に食事をして帰らない?」と、誘われたのです。

どうせ後は寝るだけなので、真一は、「わかった、行こうか」と軽く答えました。

待ち合わせ場所ではあまり待たされることもなく、OL風の服装に着替えた忍と腕を組んで曽根崎の店へ向かいました。店は精進に似た料理を出す、静かな雰囲気の小料理店でした。

関西特有の薄味の料理と口当たりの良い地酒を飲み、ほろ酔い気分で外へ出ると、忍は真一の腕にしっかり自分の腕を絡ませ、真一を見上げ、「私、このまま帰りたくない」と、駄々をこねるのでした。冗談にしてもうれしい話でしたが、こんなうまい話があるはずがないと笑って見返したのです。

すると忍は、「本当よ」と上気した顔で真一を見上げます。

嫌いなタイプではありませんでした。忍を見つめながら頷きました。忍は真一の返事がわかっていたかのように首を伸ばし、真一の頬に口づけました。真一は少し酔いが回ってきていました。忍は早く落ち着く場所へ行きたい素振りでしたが、ホテルまで酔い覚ましに歩いて行こうと真一から腕組みをしたのでした。

彼女の誘いに調子づいて生返事をしたものの、完全に復活したわけではないことに気がついていました。微かに反応は出てきたけれど、どこまで対応できるか自信がないのは当然でした。

四、五年のブランクだけでなく、復帰はまったくの未知だったのです。うかつに返事をしたことに後悔しましたが、彼女を置きざりにして逃げ出すわけにもいかず、覚悟を決め、ホテルの部屋に先に入りました。

数分後に軽いノックがあり、ドアを開けると忍が息を潜めて入ってきました。ホテルの窓から外を見ると、下界は無数のネオンがまだ怪しく、眩しく光っていました。真一は忍の薄い肩に手をかけるとそっと抱き寄せ、小さな唇を吸いました。忍も応えるように、真一の広い肩に両手を回し唇を合わせてきました。今の二人に言葉は不要でした。抱き合いながらベッドへ倒れ、息づく胸元へ手をやると、忍はその手をそっと遮り、真一から離れると、「私、シャワーを浴びてくるわ」と言葉を残し、バスルームへ姿を消しました。

忍の流すシャワーの音はドア越しに響き、若い身体が濡れて息づいているのが見えるようでした。しかし、頼りの分身はこの場になっても一向に奮い立たず、かえって萎縮しているようでした。

真一の心境を知るはずもなく、ご機嫌な顔をした忍がバスタオルを巻きつけ出てきました。入れ替わりに真一が身体を洗いましたが、バスローブをまとった姿を洗面台で見ると、そこには困惑している自分の顔が映っていました。寝室では胸を膨らませ真一を待っている忍がいるのです。

ドアノブを回し寝室に入って行きました。電気を消して息を潜め待っている忍。真一は後悔しましたが、今になっては後の祭りでした。

「ここまで来てしまえば後は玉砕のみだ」と、小さくつぶやき、ベッドの中で痺《しび》れを切らしている女の横へ身体を寄せると、わざと荒々しく掛け布団を取り払い、その下にいた忍の小さな顔を両手で挟むように荒っぽく口づけをしました。バスタオルの下に付けていた、申し訳程度の小さな布をもてあそんでいた片手で一気に剥がすように脱がしました。そして忍の身体へわざと乱暴に圧しかかり、細い首筋や肩、腕、胸と順々に唇と舌を当て、自分のペースに持って行きました。

痩せぎすに見えている忍でしたが、三十前だと言っていたその身体は想像以上に豊満でした。目の前の美味しそうな料理を目にしていながら、まったく男の役目を果たせない状態なのですから、務めを遂行するのは不可能なことでした。

大ぶりの割に形の崩れていない、そして弾力のある乳房を口でついばみ、もう片方の乳房は真一の指先で優しく乳房の形を崩さぬように下から持ち上げました。遊んでいる指は臍の辺りを優しくさすりながら、湿りはじめていた下腹部へ徐々に下ろしていきました。忍の秘部は、真一が入ってくるのを待ち続けて潤んでいたのです。

真一はわかっていたもののどうすることもできず、それを無視し、じらすような振る舞いをそして真一の舌や指先で休むことなく責められ、息も絶え絶えでした。そして真一の執拗な攻撃、全身をナメクジのように隅々まで舐めつくされ、とうとう耐え切れず堰《せき》を切ったような勢いで一気に昇りつめたのでした。

真一も後が続かないくらい汗だくの奮闘をしました。単なる性行為よりはるかに体力を必要とした行為でした。酔いに任せた軽率な返事で、もう少しで男として恥をかくところでした。忍の心を傷つけるのを避けたことと、そして男の務めを果たしたことで、真一は、精も根も使い果たしたように深い眠りの底に落ちていったのでした。浪速の夜の出来事でした。

## 十四　決断

数日後、どうも様子が気になり、真一はあの「韓国クラブ」へ顔を出しました。相変わらず客の姿もなく、ママの姿もなく、いたのは先日の二人の新人だけでした。真一の顔を見ると二人はほっとしたように立ち上がり、先日より敏捷に動き、セットを整えました。まるで小学校の先生のような気分でしたが、二人はセットが終わると、「これでいいですか？」というような真剣な目で真一を見ていました。

真一が指で丸を作り、頷くと、二人はにこりと笑い、硬い表情を崩したのでした。近くて遠い国から苦労して来日した雛《ひな》たちでした。真一は二人をいつの間にか親鳥のような気持ちで見ていたのです。

この日は珍しく客が一人、入ってきましたが、ママの姿も知った顔のホステスたちの姿もいないので、拍子抜けしたのか、あまり飲まずに清算して出て行きました。この日は閉店までママからの連絡もなく、姿も見せませんでした。店がいつまでもつのか、お節介好きな真一は最後を見届けたいと思いました。それに、もちろん、二人の行く末も少し気になっていたのです。

真一は店の状況を紹介者の大川に伝えても無駄なことだと知って連絡を取りませんでした。その代わり店には頻繁に顔を出しましたが、状況は回復するどころか、日毎に悪くなる一方でした。しかし、暇な店のお陰で二人の新人とはいろいろと話をする時間があって二人の性格もわかってきました。ユリは積極的な実行型でしたが、花は遠慮がちで消極的、とはっきりと違っていました。いずれにしても二人は純真さを残した女性だと感じました。

倒産しても仕方のない店の状況でしたが、ママの資金繰りでなんとか持ち堪《こた》えていたある晩、真一が店に行くと大勢の客で店が埋まっていました。座る席もないようなので帰ろうとすると、奥からママが出てきて引き止めるのです。仕方なく調理場のそばにあった腰かけに座り飲んでいました。

ママを含めた女性三人で応対しても、調理室からおばちゃんが出てきても、全然人手が足りませんでした。サービスを満足に受けられなかった団体客はママに小言を残すと、支払いを済ませ出て行きました。すべてが悪循環でした。団体客が残した塵やグラスや灰皿を片づけ、三人が真一の席にやっとつきました。三人に労いの言葉をかけましたが、ママはすっかりしょげ返っていました。常連客から余程きついお叱りの言葉を受けたようでしたが、もう済んでしまったことです。

ある晩のことでした。ユリがトイレに席を立った直後でした。花が真一へ素早く身体を寄せると手に準備をしておいた紙切れを渡してきました。この店に来て二ヶ月近く経っていました。「どうしたの？」と聞くと「今度ゴルフの練習に連れて行ってください」というのです。花の消極的な性格からは考えられない積極的なアタックでした。真一は咄嗟にそれを理解し、「わかった」と返事をしました。

いつもは存在感のない花でしたが、この夜は今まで見たことのないほど元気でした。彼女なりに決心をした末の行動だったのです。

それを実行に移す日が決まり、花の携帯に電話をかけました。週末の休みに待ち合わせをすることになりました。が、問題がありすぎました。それは東京に来て二ヶ月しか経っていない花には、学校と寮と店までの道以外はまったく知らないという問題点でした。真一の希望通り人目に触れず、彼女と会う計画ははじめから無理でした。結局は彼女が通い慣れた赤坂見附の駅前で待ち合わせることになったのです。

真一にとって、予定のない週末はゴルフの早朝練習と決まっていました。家の中の誰よりも先に目を覚ましてそっと出かけ、友達と練習場で半日を過ごす日課でした。だから待ち合わせ時間はいつでもよかったのですが、深夜の一時までクラブで働き、寝るのは明け方の花には問題でした。とても起きられそうにないと思ったため、初の待ち合わせを午後一時に約束したのです。

思っていた通り、お願いを言ってきた本人が三十分も遅れてきました。九月でも真夏の陽気で、歩いていても身体から汗が噴き出し、下着まで汗ですぐに濡れるのです。真一は冷房の効いた車の中で待っていましたが、時間に遅れた花は走ってきたのか、額に大粒の汗を浮かべ真一を探していました。

「寝坊して、遅れてすみません」と車の中の真一に何度も頭を下げて謝っていました。せっかくの化粧も汗で台無しでした。

「花、汗を拭きなさい」と車に乗せて乾いたタオルを渡すと、気持ちよさそうに濡れた顔や首筋を拭いていました。

少し落ち着いたようだったので、「食事はしたの」と聞くと、「大丈夫です」と言葉が返ってきました。

真一はその返事を聞くと、車を一路練習場のある郊外へ向けて走らせることにしました。赤坂見附陸橋下を右折して三宅坂の皇居に向かい、自民党本部前の交差点を右折し、国会図書館前や国会正門前を通り過ぎ、首都高速の「霞が関」入り口から乗り入れ、迂回して銀座方向へ、そして浜崎橋からお台場方向に向けて走らせました。熱い日差しを頭上から受けたレインボーブリッジを通過すると、橋の下の海上を花は息を止めて見ていました。運転している真一の視界にも青い海とそこを渡る様々な船が見えました。車はお台場で降り、豊洲にある練習場へ向かいました。

練習場はかなり前に開設され、大勢の客たちが順番を待って並んだ、当時東京でも人気の二十四時間年中無休のところでした。景気のよかった時代には銀座や赤坂で飲んだ客が連れてきた、ハイヒール姿のホステスが練習していたりする風景が見られた昔ながらの社交場でした。しかし現在は地域整理の関係で左右に広くあった練習場も半分に縮小され、そのためプレーヤーから敬遠され、利用者が少なくなっています。

土曜でしたが、あまり待たずに練習をすることができました。しかし、「ゴルフ、教えてください」と言っていた花は練習には興味を示さず、初めての練習光景を珍しそうに見ているのです。ボールの飛んだ方向を聞いてもどこを見ていたのかポカーンと眺めていました。

真一が花へクラブを渡し、「教えるから打ってごらん」と言っても、「いいです」と逃げるのでした。真一は百球近くボールを打ち、練習を切り上げました。

冷蔵庫にある冷たいおしぼりで汗を拭くと、冷たいコーヒーを飲みたいと思い、クラブハウスの中で軽食を食べることにしました。最初は断っていた花でしたが、チキンピラフを食べ、ジュースを飲みました。真一はレジで支払いをすると、「車に乗るよ」と花に声をかけ、歩き出しました。賽《さい》は投げられました。

二人を乗せた車は高速を走らず豊洲から門前仲町方向へ向かい、一般道を走りました。二人は無言のまま、錦糸町へ向かいました。十年前に行った錦糸町高速道路そばのラブホテル街でした。

日が高い時間にもかかわらず人通りの少ない道を通り、車はホテルの暗い地下駐車場へ滑り込みました。助手席の花は緊張し黙っていました。顔の識別ができない薄暗い通路から花を連れてフロントへ行き、空き部屋の明かりが点いている下のボタンを押しました。フロントの小さな覗き窓からカギを渡しながら客の真一たちアベック姿を係は確認していました。

真一はすでに練習場のトイレで二つに裁断しラップで包んでおいた青い粒をサイフから取り出し、飲み込んでいました。まだ股間にはさほどの反応もありませんでしたが、楽しみでした。照明を落としたエレベーターに乗りました。部屋は思ったより清潔な感じでした。後ろを見ると花は身体を半分入れたまま、様子を見ていましたが、決断をしたのか部屋の中へ入ってきました。

しかし、部屋に入ってもこわばった表情で真一のそばには近寄らず、隅のほうにいるので、真一は、「汗を流すから風呂へ入る」と一方的に言って、浴室へ入りました。練習で汗をかき、身体は汗臭くなっていました。浴槽に湯を入れ、熱いシャワーを出し、石鹸を体にくまなく塗るとタオルで洗い、シャンプーで髪を洗い、最後に強くシャワーを出してシャンプーと汗を洗い流しました。

さっぱりした真一は浴衣に着替えて寝室に戻り、花を見ました。真一の姿を見た花は急に床に腰を下ろし、泣くような顔で真一に謝るのでした。途切れ途切れに話す言葉をよく聞くと、「すみません。生理になりました」と言っているようでした。

真一はそれを逃げ言葉と思い、座っていた花の身体を抱き上げるとベッドの上に投げ出しました。泣きながら抵抗する花の手を難なく摑み、薄いブラウスを乱暴に脱がし、下着も脱がそうとしました。

花は必死に、「小野さん、本当です」と叫んでいましたが、それを無視して下着の下に指先を入れて、そして手を止めました。花の言っていることが正しいようでした。

会う前からなっていたのか、極度の緊張感で予定が早まり生理が来たのか、残念ながら不首尾に終わった一日でした。運悪く五年ぶりの念願を果たすことができませんでした。

しかし股間はこの状況下でも本人の気がつかない間に、しっかりと膨張をして真一の期待に応えていました。真一にとっては大変な収穫があったのです。そしてこの矛先を収めてくれる花に異変が起きたのですから、自分自身、気持ちを静めなければならなかったのです。とうとう念願が叶う、と気持ちが昂ぶっていましたが仕方がなかったのです。しかし股間はそれを知りつつ強度を保ったままでじっと出番を待っていたのです。

衣類を身につけた花と自分の気持ちの治まりを見て、ホテルから車を出すと錦糸町から再び高速に乗り、彼女の住んでいる寮がある西武新宿線〇〇駅へ向けて車を走らせました。花は項垂れて何度も詫びていました。

真一は花に、「仕方がないよ」と言いました。

許しを貰ったと受け取ったのか、高速道路を運転している真一の股間へ花の手が乗り、左手には花の片方の手が重なり強く握ってきました。真一がカーナビで寮のある駅をセットし、指示されるままに運転している間、花は寮近くまで真一の手をずっと握りしめていたのでした。

寮の近くで車を停めると、花は真一の頬に軽く唇をつけると恥ずかしそうに振り向きながら、走って行きました。真一は花が寮の中へ姿を消すのを見届けると、車を走らせました。

# 十五　沈没

クラブはこの数日間、開店休業で閑古鳥が鳴いていたようでした。客が来ないので、花たちはすることもなく閉店まで退屈な時間を過ごしていたのです。それなら他の店に移ることを考えればよいのですが、店との契約が解除されない限り、どんな事情があっても移店することができなかったのです。もし約束を破ったり勝手な行動をとったりすると、この赤坂界隈では働けず、挙句に三十万とか五十万の罰金を要求されるというのです。そんな厳しい罰則が現実にあることを真一は初めて知りました。

それはホステスが前借金を踏み倒し、逃げることを防ぐためで、またホステスの自分勝手な移籍を防止するために、店の経営者が集まり、話し合いで決めた規則でした。借金を踏み倒す常習犯には厳しくても当然ですが、売上げがなく、いつ閉店するかわからない店では、働く者には辛い状態です。

そこでユリは頭を使い、ママに泣きつきました。韓国の父がユリを迎えに来たので、「私はどうしたらいいでしょうか」と泣きついたのでした。その作戦は成功し、ユリは契約を解除することができたのです。そして、閑古鳥の住み着いた店に花一人残されたのでした。

花には芝居をするほどの勇気もなかったのです。一人になった花は文句も言わず真面目に勤めていましたが、ママも最後まで花を解放しなかったのです。ママの資金繰りがうまくいくか、客が戻ってくるか、どちらが先になるか競争でした。

翌週、真一が店へ行くとママが早くから出ていて、真一に、「悩んだのですが、店を閉じようと考えています」と言うのでした。万策尽きたのでした。

ママは、「私は店の処理が済めば働くことができます」と言い、そして、最後まで残していた花を見ながら、真一に、「花の面倒を見て欲しい」と言うのです。沈没寸前でも船長の威厳を忘れていなかったのです。さすがにママでした。

「このまま、花を外に放り出したら、どんな風になるか心配です」

たしかに心細く頼りない花でした。

「私は普通のサラリーマンです」と真一は言いました。そして一呼吸置いて、「無理だよ」と答えたのです。

花は最後まで頑張りましたが、給料は半分も貰えず失業しました。花には遊んでいる余裕などまったくありませんでした。毎日知人を通じて働く店を探していましたが、そのうち、「一ツ木通りの韓国クラブに勤めが決まりました」と、連絡がありました。それはまた、「同伴をしてください」というお願いでもありました。

一ツ木通りに面した白亜ビルの二階が、次に働く店でした。前の店より天井が高く、広々としたホテル風の豪華な店で、ホステスたちも美人揃いで店は客で賑わい、真一も気に入っていました。ところが、なぜか六ヶ月後にはこの店も閉店したのです。

壮絶な生き残りをかけて客を取り合って、負けると店は倒産でした。花はまた店探しでしたが、チイママだったお姉さんと一緒に新しい店で働くことができました。潰れても潰れても、赤坂には雨後の竹の子のように、新しい店が誕生する余力があるのです。

普通なら店を移転するたびに新しい客と知り合い、それなりに贔屓《ひいき》客が増えていくのですが、花だけは何軒移転しても贔屓客の増える様子がありませんでした。真一は彼女の仕事ぶりをそれとなく観察していましたが、特に手を抜いているわけでもなく、普通に見えました。それでも実際に、彼女には贔屓客がなかったのです。真一には負担がかかる一方でした。

それでも真一は文句も言わず定期的に同伴出勤をして協力していたのです。株の運用で儲けたへそくりが小遣いでしたが、それも次第に減っていきました。しかし、その無理な好意も彼女にはほとんど通じていませんでした。

日本人のホステスか、日本に長く滞在した外国人なら理解できそうな状況と社会情勢でしたが、休日になれば寮の友達と一日中ビデオを見ている花たちには、そんな常識などわかるはずがなく、その上、日本人は皆大金持ちと聞かされ、頭から信じ込んでいたのですから無理もありません。日本に来て日の浅い彼女たちには到底理解できないことでした。

## 十六　交際

そんな彼女と交際が始まったのはゴルフ・デートの翌週の日曜からでした。二度目の待ち合わせは先週と同じ赤坂見附でしたが、約束時間に真一が行くとそこにはすでに花が立って待っていました。目が合い手を上げると、小走りにそばに来て笑顔で会釈してきました。

真一は助手席側のドアをあけて花を乗せると、どこへ行くとも言わず、車で五分も走れば着く、赤坂の外れにあるラブホテルへ直行しました。

真一のあまりにもせっかちな行動に花も驚いていましたが、これは当初の予定ではありませんでした。それは花に原因があったのです。遅れてはいけないと、時間よりかなり早く赤坂見附駅に来ていたのか、表情にも余裕が見られ、それがほのかな色気を散らし、眠っていた男心を刺激したのでした。先日とまるで違った花の可憐な姿を目にした真一の身体は、激しく血が騒ぎはじめたのです。

土曜の昼間から、ホテルの駐車場は一台分を残して満車状態でした。真一は車を停めると花の柔らかい手を引いて、駐車している車の間を走るように歩き、玄関入口に向かいました。ルーム・キーを受け取り、エレベーターに乗り、赤く点滅する部屋のドアにキーを差し込むと、一緒に中へ入りました。

部屋は、薄暗い照明で清潔さを感じさせない印象でしたが、照明を明るくすると、思っていたよりは清潔でした。彼女を見ると先日と変わらず、緊張して立ち止まっていましたが、真一が顔を向けると花はすがるような表情を見せました。この日は先日とまったく違った雰囲気でした。真一は花がこれからどのような行動をするのか興味を持ちましたが、一向に花は動こうとせず佇んでいるのです。

ここは自分から行動をとろうと、「準備をしてくるから、ここに座って待っていなさい」と言い残し、真一はテレビを点けると浴室へ向かいました。

浴室は思ったより余裕のある広さで二人が並んでも充分な赤い派手な浴槽がありました。真一は、シャワーで熱湯消毒をすると四十度にセットし、浴槽にお湯を入れました。

寝室に戻ると、前と同じく警戒して立っている花に向かって、「私はシャワーを浴びてくる」と声をかけ、わざと花から見える場所でシャツを脱いだのです。それは花の存在を無視した行動でしたが、花の気分を楽にさせようという思いがあったからでした。浴槽の湯は、もう少しで溢れるところでした。

シャワーを適温にセットし、首筋から弱く流しはじめました。徐々にお湯の勢いを強くし、肩や胸にシャワーを当てると、それは気持ちのよい刺激でした。頭にシャワーを流し、シャンプーを髪に擦り込み、両手でゆっくりと揉み洗うとメントール効果でスキッとした気持ちになりました。

そして気分の高揚と同時に、三十分以上前に飲んだ神秘の粒の効果が、下半身に現れていたのでした。股間に痛みを感じるくらい膨張した、太い竹輪を思わせる一物が見事にそそり立っていたのです。見た目にも驚くほど大きく太いそれが、どのくらいの強度なのか思わず摑むと、手の平を弾き返すように熱く硬い感触がありました。それはまるで竹輪の形をした強化プラスチックで、スチール缶の長さを連想するほうが現実的でした。そして強度は人間の肉体の硬さではなかったのです。その威力の凄さに驚きの連続でした。

マニュアルに従い、空腹状態で性交の一時間前に飲んでいましたが、効果がここに証明されたのでした。見事としか言いようのない膨張状態でした。しばらく自分の股間を両手で握ったまま、見とれていました。以前の僅かな分量で硬直した時も驚きでしたが、一錠の効果はそれとは比較にならないものでした。それは子供と大人ほどの違いで、改めて触ると自分の肉体とは信じられないように熱く脈打ち、上に向かって聳《そび》えていました。実際に使うことができるのか怖いくらい太い一物でした。

バイアグラ・パワーで蘇った自身の股間に見とれていると、自分の存在を無視されたと思ったのか、花が何一つ身につけない、生まれたままの姿で浴室へ入ってきました。大胆とも思える行動に驚きを感じましたが、真一の無造作なアクションが花の緊張感をほぐしたようでした。

真一はシャワーで泡を流し、なみなみと湯をたたえた浴槽に身体を落としました。浴槽から勢いのついた湯が音を立て溢れ出ると、その湯は彼女の足元にも流れ、花は驚きの声をあげたのです。二人の笑い声が浴室に響き、重い空気は一瞬にして消えました。

笑いながら花は真一のほうに身体の向きを変えました。手の届く距離で見た花の二十三歳の若き肉体に真一は思わず生唾を飲み込みました。どう表現すべきなのか、彼女の小さな顔とふっくらと盛り上がっている左右の乳房とその先に突起した小さな乳首、そしてくびれた腰、かすかに筋肉がついている下腹と長い脚、均整の取れた美しい身体でした。それは遥か昔に見た記憶のある光景でした。真一は湯舟に入ったまま、その肢体にしばらく見とれていました。彼女の無意識的な行動に真一は完全に打ちのめされたのです。

彼女はそれとも知らず弾けるような身体にボディーシャンプーを塗りつけ、腰を折り曲げ隅々へ腕を伸ばして洗っていました。まるでその動きは無垢な天女のようでした。

しかし、いつになったら終わるのかと思うくらい、念入りに洗うのです。そして洗いはじめると真一の存在を忘れたようにシャワーを出し続け、気持ちのよい湯を楽しんでいるようでした。若い肉体は熱いお湯を弾き、ピンク色に染まっていました。湯船に身体を浸したまま、裸身に吸い込まれそうに凝視していましたが、真一の股間は湯の中で花に負けないくらい見事に凛々として聳えていたのです。

花の均整の取れた肉体も見事でしたが、股間にいつまでも逞《たくま》しく聳える、自分のものとは思えない肉塊を見て、真一は信じられない気持ちでした。真一は自分の一物を人前に出せるような物だと考えたことはありませんでした。当然のこと、性交前の惨めな一物など男の面子から相手に見せたことは過去にも決してなかったことでした。

ところがそんな心配はどこの誰の話だと言わんばかりに股間は大きく硬く、太く聳えています。子供のようないたずらな心でこの状態を花に見せたい気持ちに駆られました。

真一は湯舟から弾むように立ち上がると、まだ屈んで身体を洗っている花の顔前を、どうだと言わんばかりに誇示して通り過ぎ、そしてシャワーを花の手から受け取るとさっと頭から流し、タオルを絞り、汗をさっと拭くと浴室から出て行きました。花の表情を見ることはできませんでしたが、凱旋した兵士の気分でした。

熱気が充満した浴室と違って、寝室は冷房が効いていました。バスローブを着てテレビの前に腰を下ろし、冷蔵庫から取り出した冷えたビールの栓を抜くとコップに注ぎ、一気に喉へ流し込みました。ホップの苦味の利いた冷たいビールは格別でした。高まった興奮が徐々に静まる感じでした。真一の汗が収まった頃に浴室から出てきた花もバスローブを身につけていました。そして真一の手にしているコップを見ると、「私も欲しいです」と手を伸ばしたので、真一は花の手を掴むと自分の胸元へ強く引き寄せました。

思いがけない動作だったので、花は、「あっ」と甘えるように胸元に崩れてきました。「熱いです」という唇へ、冷えたコップを近づけ、零《こぼ》れないように少しずつ花の口へ流しました。むせるようにしながら全部飲み込んだその唇へ真一は唇を合わせました。

シャンプーと花の身体から立ち上る香りは、真一の大脳を強く刺激し、全身が熱く高鳴りはじめてきました。バスローブの前がはだけた胸元には少し前に見た小ぶりの柔らかそうな乳房が現れ、その乳房の先にはまだ薄桃色の乳首が硬くなって突き出ていました。真一の唇が軽く乳首を咥えると、花も敏感に反応し身体を反らしたのです。

ソファーに寝かせていた花のしなやかな身体を抱き上げると硬いベッドにそっと降ろしました。バスローブの胸元も開き、裾も乱れ、引き締まった太股が現れました。まるで真一を手招きしているような色気ある、はちきれそうな太股でした。引き寄せられるように熱い、思いを込めた口づけをし、静かに細い足首まで顔を下げていきました。そして真一の手が細い足首を掴むと花の身体は静かに開きはじめたのです。その両足の付け根にはこぢんまりと艶っぽい黒光りした陰毛が息づいていました。真一の唇は次第に黒々とした陰毛に近づき、隠されていた敏感な部分に顔を埋めました。花は声を上げて弾みました。ベッドの上に寝かされ、一番敏感なところを責められ、花は慌てましたが、これから世話になる人と心に決めていたのか、無抵抗に身を任せるのでした。

真一の股間はバイアグラ・パワーで初めの頃と変わりなく、悠然と熱く硬く脈を打っていました。

「あなたの好きなように料理してください」と身を任せるような花の身体の開きでした。花の表情を見ようとすると、花は目をつぶり、苦悶と喜びの表情を真一に見せまいと両手で隠すのでした。未だに純真な気持ちを忘れてはいない異国の女の表情でした。

若々しい全身から甘い体臭が立ち昇ってきました。バスローブを完全に剥がし、全身にほのかに朱の色が滲んできた肌に顔を付け、そのぬくもりと柔らかさを味わいながら、真一は右手を足の付け根に差し込むとゆっくりと太ももを外へ押し広げました。つぼみから滲むような一筋の糸が線を引きながら流れました。白い肌を伝わり流れ出た神秘の雫を舌ですくい、口の中へ吸い込みました。

花の口は開き、あえぎの声が漏れはじめてきました。左の手は柔らかに盛り上がった乳房を触り、右手の指は軽く息づく下腹を摩《さす》り、敏感な下の唇を掻き分けました。花の敏感なつぼみに口づけし、流れ出る雫を吸い込み淫らな感覚に浸っていた真一は若さを取り戻したパワーで、花の身体に焼け爛《ただ》れたような太い肉の塊を挿入しました。充分に溢れ受け入れやすくなった状態にもかかわらず、真一に挿入された花はとてつもない悲鳴を上げたのです。その表情は喜びとは違う、苦痛の表情でした。

それは巨大化した真一の一物が原因でした。硬くて太い肉棒は、それを収める花の身体にとって異常で巨大な侵入物だったのでした。真一も異常に膨張した大きさのその影響が、どの程度彼女の身体に与えるものか心配でしたが、これほど苦痛を与えるとは思いもしませんでした。あの小さな蒼い粒のどこにこれだけのパワーが秘められていたのか、と真一も驚きました。

一度は動きを止めていましたが、真一は、花の和らいだ表情を見ながらゆっくりと始動しました。とてつもない異常体感に恐怖を感じ、苦痛の表情を見せていた花でしたが、感覚的に理解したのか身体の力を抜き、真一の動きを受け入れるのでした。

バイアグラ・パワーで、何年ぶりかに見事なほどに蘇った分身でした。これを自在に扱えることに感動し、身体の真底から沸々と湧き上がってきた熱いエネルギーの勢いを感じるのです。真一は今、自分自身に発生している懐かしい喜びの感動に浸り、いつまでこの喜びを続けられるのか追求したいという思いでした。

若い肉体との久しぶりの交わりは、真一を心身ともに若返らせてくれました。腕の下では若い花の肉体が真一の動きに反応して左右に揺れているのです。過去の体験を思い出しながら一心に愛撫する真一でした。

その愛撫攻勢に耐えられず息遣いも荒れ、花の頭が左右に揺れはじめてきたのです。真一は楽しみを残し、舌を丸めると臍から下へと、そっと身体を下げるのでした。遊びごとのように夢中に花の肉体を探索しました。真一は身体の向きを逆さにすると、花の細い両足首を摑んで上に持ち上げました。これから始まることに恐怖でつま先を縮めていた足の一本一本の指を口に含み、指の間を丁寧にしゃぶりました。連続の愛撫で花の頭の中は真白になり、それは夢の中をさ迷っているような感じでした。敏感な中心部は愛撫と喜びで反応し、露が幾筋も流れ、太股を淫らに濡らしていました。流れている雫を口に吸い込みながら、徐々に顔をせり上げ一呼吸し、潤んでいる中心に唇を当てました。

スポーツで鍛えたという花の引き締まった太股は、抵抗力を失いそうになりながら、やっとの思いで耐えていました。驚くことに、この日の真一は自分自身でも考えられないような体力が全身にみなぎり、一向に衰えない肉棒を深く挿入した状態で、一定した強弱の律動を繰り返していました。

花は、真一の激しい責めに体力が限界に達していました。そして真一に聞こえるように、「パリィ、パリィ（はやく、はやく）」と、急《せ》かす言葉を連発していたのです。

もうじき六十歳になる真一の身体のどこに、これだけの気力と体力が残されていたのでしょうか。最高潮に達していることは、身体中の激しい血の流れが教えていました。若い頃でも前技を含め放出まで、長くても十分前後でした。今はそれに比べ挿入だけでもすでに十分は経ち、はじめとまったく変わらない状態を維持していたのでした。

久しぶりに燃えた真一は汗にまみれ、呼吸の乱れる花を見て燃え尽きようと思いました。想像ができない余裕でした。身体の芯からメラメラと燃え上がってくるエネルギーの勢いを感じてきました。熱い勢いは二つの身体を結合した尿道を走り、子宮の壁に向け、燃えたエネルギーの塊を放出したのです。絶頂感に達した動きは花の下腹を強く激しく何度も打ち続けたのです。やがてふたりは一体になり、激しく揺れ合い、そして重なった状態で止まったのでした。

この世の終わりのように執拗に攻め立てられた花は、放心したように頭を横にしたまま肩で息づいていました。そして、一滴のエネルギーも残さず放出した真一も、桃源郷をさ迷っていました。花は一瞬目を覚まし、終わったことに気がつくと、何を思ったのか跳ね起きて、股に手をあてがい浴室へ走りました。花が横たわっていた寝床には彼女の太股の間から流れた露の痕がシーツに点々とついていました。しばらくぶりに真一から出た男の証拠でした。汚いとも思わず、真一はその染みた痕を指先で何度も触るのでした。ダイヤモンドの原石のように魅惑が秘められたバイアグラで、再び青春を取り戻すことができたのです。何もかもがしばらく忘れていた感動でした。

心地よい疲れを解そうと真一が浴室へ入ると、浴室の床の上で花が素裸のままでジャンプを何度も繰り返しているのです。不思議に思い、「なぜジャンプをしているの」と聞くと、さっきまで見せていた優しい表情とはまるで違った厳しい顔で真一を睨み返してきました。コンドームを装着せず射精したその行為に対し憤っていたのでした。

「私は不妊手術をしているから大丈夫」と彼女に説明しましたが、「手術」の意味を理解してもらえるわけもなく、花は怒りの表情を見せたまま、あまり効果のなさそうな気休めのジャンプを再度繰り返していました。

やがてジャンプを止めると身体を折り曲げ、中腰から片足を立てると股の奥を覗き、シャワーのノズルを近づけ、指を捻じ込むようにして洗浄するのでした。彼女とて、ある程度の覚悟はしていても困惑と怒りは当然のことでした。

ほんの少し前に五年以上も溜まっていた大量のエネルギーを放出したというのに、肉棒はそんなこともなかったように悠然と膨張した状態を維持していたのでした。まさに人間離れをしたパワーでした。全力の限りの放出が済んだら衰えるのが普通の人です。真一は依然としてそそり立つ、愛液で濡れている股間を洗うと、浴槽へ身体を沈めました。

あの小さな蒼い粒には、これまでの一般常識を打ち破る、とてつもないパワーが秘められていたのです。バイアグラは彼にとって宇宙から飛んできた隕石のような魅力を持つ「神秘の石」

でした。現に行為の直前に服用すればたちどころにスーパーマンや超人ヘラクレス、ウルトラマンのように大変身ができるのでした。誰もが信じられないようなパワーを出し、疲れを見せずに活躍をするのです。バイアグラはまさに遥か彼方に住む宇宙人（ＥＴ）がプレゼントしてくれた宝物でした。勃起不全（ＥＤ）の障害をもつ真一はそのパワーで見事に大変身でき、自分に自信を持つことができたのです。

彼女との密会は相変わらず週末の午後でした。そのうえ、待ち合わせは赤坂見附駅周辺で、行き先はそこからあまり離れていない住宅街の中にあるラブホテルでした。ホテルは気軽に出入りできる場所ではないのが、いつも気がかりでした。しかし、来日して日の浅い花を考えると、この状況も仕方がないことでした。

複数回以上のデートで環境的にもロスの多いことを考え、デート場所を変更することにしました。時間に余裕のない真一にとって都合の良い場所を探したいと相談すると、そのことを考えていたかのように、花が口を開きました。少しでも余分に寝ていたいという彼女の願いでもあったのでした。乗り継ぎの西武新宿駅の付近なら二人にとっても都合が良かったのです。赤坂は、乗り継ぎを合わせると片道一時間以上もかかりますが、西武新宿駅ならその半分でした。

赤坂から新宿まで花を送り届け、それから下見をしました。年中無休の歌舞伎町に隣接した西武新宿駅前周辺は、オフィス街に比べ大勢の人たちで活気があり賑わっていました。その光景は人目を忍ぶ真一にとって、最適な場所に見えました。

新宿に場所を替えた翌週の土曜でした。この日の朝から真一は少年のように気が弾み、胸は高鳴っていました。花との出会いで、真一の人生観が大きく変わっていました。一週間がとても短く早く感じるようになったのです。目的を持てるようになったし、何事も順調だし、若さを取り戻した気分でした。小さなことにも惑わされず、自分の意志で行動することができるのです。バイアグラとの出会いで花を知り、花を知った喜びで生き甲斐を持てるようになった、と言っても過言ではありませんでした。

どこでも見かける平凡な容姿で、際立った個性もない花でしたが、それだけでも充分すぎるほどの心理的影響を与えてくれたのでした。駅の通路から不安げな様子をして出てくる花の顔を見るまで、真一の心はざわついていました。しかし、時間に余裕ができたためか少しも約束に遅れず、花は駅ビルから姿を見せました。そしてそのまま階段を下りてくると、真一の姿や車を探しているのが見えました。大勢の人の流れに視界が遮られるのか、歩道で立ち止まっている様子でした。

真一は恋人を迎えるような思いで車から降りると、手を振って花に合図を送りました。そんな花を見ていると、何かと手間のかかりそうな子だなと真一は思うのです。

駅の向かい側に停めてあった車に乗せると、広い靖国通りを走らせ区役所通りから右脇に一本それました。裏通りは昼間から客の多いホテルが林立しています。言わずと知れた日本一のホテル街は時間など関係なく、カップルたちを吸い込み、そして吐き出していました。彼らはホテル街をショッピングの感覚で、ホテルの外観やシステム料金表に顔を寄せているのでした。

車の運転をしていても連れ添うアベックと眼が合うと恥ずかしさを感じましたが、若いカップルたちには羞恥心という言葉は死語になっているようです。臆することなく、鼻歌交じりで覗いたりして余韻を楽しんでいるようでした。二人は初めて車を乗り入れたラブホテル街の様子に少々驚きを感じながら、ゆっくりと車を流していきました。真一は七色ネオンを日中から点滅させるホテル街を走っていて、どこでもいいから落ち着きたいと願うばかりでした。

やがて前方のホテルから出てくる車を見かけたので、入れ替わるようにして車を乗り入れました。何組ものカップルが入れる広いロビーの壁面にそれぞれ特徴のある空室のパネルがありました。適当に決めてボタンを押すと、明かりが消え、すぐにフロントから休憩時間を告げられ、ルーム・キーを受け取るのです。休憩時間は二時間が原則したが、二人には充分な時間でした。

エレベーターを降りると空き部屋の上にランプが点滅していました。五〇三号室がこのホテルで最初に入った部屋でした。頑丈そうな外のドアを開け、履物を脱ぎ、室内のドアノブを回すと、部屋全体が白色を基調とした清潔感のある空間が拡がっていました。それはいままでの赤坂のホテルとは比較にならない、天井も高いお洒落で若者向きに作られた豪華な部屋でした。真っ先に目についたのは大きな人が寝ても充分な大きさのベッドと足元にある二十チャンネルが映る五十インチの大画面テレビ、そして大理石風の暖炉でした。そしてソファーの横にはなぜかカラオケ用マイクが二本、トイレの隣には女性が好みそうな大理石風の洗面所、その前方が透けて見えるサウナ室、そして右隣の浴室にはカップルが並んで入っても余裕のジャグジー・バス、そして極めつけは壁にはめ込められたテレビと赤・黄・緑・紫・白が点滅する照明でした。旧態依然のホテルとは比較にならない、利用者の立場に立って作られたラブホテルでした。

ホテルに入るといつも決まったパターンがありました。真一が浴室に入りバスタブやイスを熱湯消毒し、適温にセットした湯をバスに入れることでした。真一はそれが済むと手を洗い、歯を磨きます。真一は気になりませんでしたが、神経過敏な彼女が注文したのです。

花の言い分は正論でした。病気を持った人や不潔な人が利用しているかもしれないという理由でした。しかし、それは過去の連れ込み旅館の話です。今や性産業を事業とするホテルは営業停止を受けないように衛生面には細心の注意を払っています。

股間や脇を洗い、浴用シャンプーで泡を立て、ジャグジー風呂で足を伸ばしていたら、いつものように裸の花が入ってきました。真一は浴槽から花を見ていると、花はいつものように湯を流し、手の平に出したボディーシャンプーを肩や腕につけ、その手の平や指を使って身体を洗うのです。タオルとか備品のスポンジを使わない、いつもの手順でした。花はバスタオル以外のタオルには触れようとしないのです。

彼女の癖がわからず教えたことがありました。「タオルのほうがより汚れが落ちる」と言うと、その返事は「汚いです」というものでした。変わった癖は他にもいろいろありました。浴槽にはたとえ一人でも入りません。シャワーは使うけれど器具を持つだけ、身体を浴室の一切のものに触れないようにしていました。何のための用心なのか、一つには中国では風呂好きの日本と違い、一般的には浴槽よりもシャワーとかオンドル方式のサウナを利用するからなのかもしれません。花のいた地方も同じような生活環境だったのでしょう。シャワー文化で育った彼女には、お風呂の持つ利点も特性もわからず、「なぜ日本人は熱いお湯の中に入るのだろう」と疑問をもっていたのかもしれません。しかし、湯上がりのバスタオルは使うのです。矛盾した行動でした。そして、セックスの前後に関係なく、股間に指を深く入れ、あきれるほどいつまでも洗浄するのでした。そばで見ていると弱い粘膜を傷つけるのではないかと心配するくらい入念でした。それは故郷の母の教えなのかわかりませんが、随分と強い影響を受けているようです。

花の持つ感覚に真一は戸惑いました。異常なほど繰り返し洗うことについても、「私が好きでしています。オパに迷惑をかけていますか？　注意はおかしいです」と言われました。そしてキスをした後のことでした。

「オパ、私は歯を磨いていません。汚いですから、すぐ歯を磨いてください」と言うのです。真一に対し、親切な意味で言っているのではありません。汚れた口で、自分の身体に触れられることが耐えられないと思ってのことでした。

真一が、「愛している花がどんなに汚れていても気にならない」と言うと、「オパの考えはおかしい」と異常者扱いされるのが落ちでした。

どんな判断基準をもっているのか興味深いところでしたが、その考え方は典型的な自己中心型で、日本の常識は通用しなかったのです。

花との逢瀬《おうせ》は心強いバイアグラ・パワーのお陰で迷いはありませんでした。いつも自信満々、意気揚々でした。真一は思う存分の青春を満喫し続けていたのです。真一より前に出た花は湯上がりの身体にバスローブ姿で寛いでいました。真一も身体を拭くと横に並んで目をつぶり、呼吸を整えるのです。股間は隆々と盛り上がっています。彼を待っていた花は、その手を盛り上がっている股間の上に乗せ、脈を打つ感触に一瞬驚きを見せて、真一のほうへ向き直りました。

ムードが静かに高まってきました。真一は照明を落とし、花の頭を自分の左肩へ寄せ優しく頭を撫で、唇を瞼《まぶた》や頬にそっと口づけしながら、小ぶりだが弾力感のある乳房をそっと指先で押しました。唇は張りのある乳房を吸い、まだ薄く桃色がかった乳首をついばむと、花は小刻みに声を震わせ、真一の肩へ細い腕をまわしました。若い肉体は経験豊富な真一の心も身体も虜にしました。いつものように真一は細い腕を外し、泉から湧き出ている甘い滴の香りに唇を近づけていきました。黒々とした茂みから滾々《こんこん》と湧き出ている滴を口で一気に吸い込むと花は悲鳴にも近い、絹を裂いたような声を上げ、真一の肩を掴みました。膨張した股間は熱い脈を打っていました。花は堪りかねて「オパ、抱いてください」と切ない声で懇願しました。真一は悪魔のように聳え立つ肉棒を、腰を落とし泉水の湧き出る中へゆっくりと沈めて行きました。

花も全身の力を抜いて受け入れました。しかし、受け入れる途中で花は真一の身体に思わずしがみつきました。バイアグラはいつも充分に応えてくれるのですが、その日の体調によって膨張率は違うのです。真一とのセックスに慣れた身体でも、その時々の変化に驚きの声を上げるのでした。交わるたびに身体の芯に打ち込まれる骨太の感触は、痛みや驚きはあってもそれは馴染むまでのことで、最後は必ず花の心身を満足感に浸らせてくれるのでした。ひと昔ならとっくに枯れている中年男が、十八、九の若者以上に逞しく変身し、若い花を想いのままに征服しているのです。誇張ではなく、紛れもない現実でした。真一は「もっと早くバイアグラに出会えていたら」と欲を出しましたが、考えればこの絶頂感は今こそが最高のタイミングだと思うのでした。

真一の胸の下で花の身体が耐えていました。二人の結合された身体を通して愛の泉が溢れている奥底へ向けて、真一は熱いマグマを放出しました。全身の力を使った、満足感のある気だるい感覚が真一の全身を包みました。花も同じように、満足し切った表情で真一の胸に頭を預けていました。そして、恥ずかしそうに真一を見つめ、「オパ、日本の男の人は、皆こんなに大きいですか」と抱かれるたびに気になっていたことを真顔で問いかけました。愛されるたびに脈々と息づく太く逞しい一物を受け入れているのですから、当然の疑問でした。もちろんこのパワーが自前なら胸を張れるうれしい質問でしたが、一瞬、間をおいてから答えました。

「花、日本人の顔が違うように、皆同じではないよ」

花はその答えに納得し満足顔で頷いていました。

真一もバイアグラを用いていることに引け目は全然なく、パートナーとして花に話すことも考えましたが、理解をさせるにはとてつもない時間がかかることを懸念し、自己の管理に努力することに決めたのでした。真一はバイアグラの秘められた力によって、この五年苦悶し続けた悲願を成就させることができたのです。どんな形にせよ、無理なく現実の世界に復帰できたのですから、これ以上の喜びはありませんでした。二度とありえないと思い悩んできたことが現実になり、再び青春を見事に蘇らせたのでした。あの蒼い小さな一錠に含まれている威力の凄さを、改めて認めざるをえませんでした。

デート場所も新宿にし、真一の思いを遂げるホテルも新宿になりました。充実感に浸ったその激しい行為の名残を消すように、熱いシャワーを浴びると、歌舞伎町のどこかで体力を戻すため、美味しい食事をとることにしました。

駐車場から出ると外は真夏の日差しが強く、たった今精力を出し切った真一には眩しい感じでした。真一はコンソールボックスから黒サングラスを取り出してかけ、周囲を見渡しました。強い日差しの照り返す路地は、ホテルを物色しているカップルや、真一と同じように充分満喫したカップルが行き交っていました。ハンドルを握りしめながらその光景を見て、この街は羞恥心などまったく存在しない、別空間地帯だと思いました。

# 十七　歌舞伎町

花との週末デートは、真一に喜びと生きていく上で必要な意気込みを与えてくれました。生き甲斐を感じる快適な毎日でした。いつも心は軽く、体の血が元気よく流れているように感じていました。バイアグラとの出会いで真一の人生観が百八十度変わり、思考が今までより広くなった気分でした。生きていく楽しみや目的を改めて持つことができたのです。

数ヶ月前まで打ちひしがれた中年男はどこかへ姿を消しました。二度と戻ることがないと諦めていた男の存在感を取り戻し、再び女性を愛する力を授けてもらったのです。真一は宇宙から飛んできたこの「神秘の石」に感謝するのでした。

しかし、どれほど安全性の高い良薬でも、記載の指示に従わず、頻繁な服用や異常な増量をすれば効果を期待すること自体が無理で、かえって身体に悪影響を与え最悪の状態を招くのは当然のことなのです。バイアグラの誤った使用による事故が起きていることも新聞などで読んだことがありました。あったことは知っていましたが、使用上の注意を厳守していればまったく心配など起きないのです。面倒と思わず、医師に相談し適性検査を受け、それが正常なら、そのときから誰でもいつでも安心して神秘のバイアグラ・パワーで思い切り楽しい時間を過ごせるのです。花との出会いは幸福感だけではなく、真一に生きる喜びや生き甲斐までも取り戻してくれたのです。

真一は定年後の生活設計の一つとして、知人と輸入品を扱う会社を作ろうという計画を立てていました。互いに仕事をもっている関係から、打ち合わせは時間に余裕が取れる週末としたのです。妻もそのメンバーとの集まりは知っていたので、休日の外出を了解していました。神田に会社を持つ友人の事務所で情報交換をし、世間話や昼食をすると適当に解散していました。

真一は花園の甘い蜜に引き寄せられる蜂のように、空を飛ぶように、車を運転し、歌舞伎町に近い西武線新宿駅南口へ辿り着くのです。二十三歳の肉体は魅力に溢れていました。交際を契機に花も娘から「女性」へと成熟してきました。逢瀬が頻繁になると二人の間に一層の親近感も生まれ、プライバシーまで相談されるようになっていました。彼女には中国から来ている友達はいても、相談のできる範囲は限られていたのです。花にとって彼は、生活をしていく上で必要な存在でした。

彼女の口から中国や韓国から来ている女性たちの生活環境を何気なく聞いたことがありまし

た。話によれば来日している大半の女性たちは観光ビザや学生ビザで滞在しているようでした。そして女性の大半は多額の借金を背負って来日し、また、話をしている花自身もその一人だというこ となのですが、聞いていてその無計画さに驚きました。その金額は、この経済大国日本で暮らしている真一でも軽視できないくらいの額でした。香港に近い、深圳《しんせん》経済特区の日本企業の工場で働く女性の平均賃金は、日本円にして月六千円前後だといわれています。それが中国の現状でした。

彼女の生まれ故郷は、北海道と環境の似た中国東北部で、年間を通して夏の短い、寒さの厳しいところだと聞きました。そのうえ、貧しい故郷から出ることは簡単ではなく、真一には想像のつかない問題が山積しているようでした。出国は国の方針で定められ、厳しい制限があるようでした。そのうえ、都会に比べて地方自治体は、独自の政策がとられているため、さらに難しいということでした。出国審査は想像以上に厳しく、申請してもいつになったら許可が出るかわからず、どんどん時間が過ぎてゆくということでした。

夢や志を持つ者にとても辛い日々です。出国を一刻も早く許可させる手段として、審査に携わる役人やその仲介者に多額の賄賂を支払うため、借金がかさんでしまうとのことでした。同じ中国でも首都北京や経済都市上海などの大都市では、不正役人への監視も厳しく、地方のような制限や裏金もないということですが、中国では、役人が権力を握っているようです。賄賂を受け取り、私財を膨らませた上級役人が裁判にかけられ、時には公開処刑がなされたというニュースもありました。

そのような状況の中で、結局、花は、両親や親戚から百五十万円の借金をしたのです。簡単にビザを取得できない事情は隣国では厳然としてあるのです。バブルがはじけ、経済の底の見えない日本が、莫大な借金をしてやってくるほど魅力のある国には思えないのですが、遠く離れた中国には正しい情報は届かず、逆に、ありもしない作り話が当然のような形で地方に流れていく傾向があるようでした。彼女の故郷の人たちも、また本人も噂や作り話を信じたからこそ、なけなしの資金を提供したらしいのです。

ここで驚いたのは、両親をはじめ親戚からの借金は、日本のような「出世払い」ではなく、現実の厳しさを痛切に感じさせられるものだということです。借金には期日が指定されていて、金利が付いているというのです。苦労を重ね来日したのに、どうして返済の目処が立てられるのやら、状況を知るほどに、花たちの状態は気の毒でした。普通の働きでは何年たっても回収も覚束ないことが、真一にはわかるだけに、充分に調べもせずに、来日した彼女たちの無知で軽率な行動に驚くのでした。百五十万円の元金に金利のついた借金を、数年働けばその何倍もの収入によって返すことができると聞かされ、信じてきたのです。

それは十数年前の日本に実際にあったことでした。列島改造論で始まった日本経済でした。日本中、秒単位で高騰する不動産に投資され、札束が紙くずのように簡単に扱われていた、まさにバブル経済でした。地上げ屋と呼ばれたその関係者や建設・土木業界は毎夜の如く、銀座、赤坂、六本木の高級クラブで一本五十万、百万もしたドンペリや高級酒の蓋を開け、浴びるように飲んだり飲ませたり、内ポケットから無造作に札束を取り出しては周りのホステスたちにチップをばら撒いていた時代でした。バブルに浮かれた華やかな時代はすでに去っていたのですが、まぼろしだけは現実のように中国に伝わっていたのでした。

日本中が見えない力で引きずられ、狂乱していた時代でした。しかし、それは一部の世界にしかなかった夢物語でしたが、現在に至っても、国の経済を揺るがせ続けています。未だに大きな傷を引きずっている、過去の負の遺産なのです。ただし、バブルの恩恵に与《あずか》り夢のような日々を過ごした人の頭の中には、バブルはたしかに存在しているのです。

花も他の女性たちも噂話を信じ、両親を説得し周囲の親戚から莫大な借金をして来日してきた夢追い人でした。花も日本にひと月滞在して、耳にしていた話と現実の違いに驚きましたが、泣いて手をこまねいていているわけにもいかないのです。借金の返済を考えるよりも先に、彼女たちは生きて行くための対策を考えなければならなかったのです。

そのため花は専門学校の授業が終わると、夜は中華料理店で、休日はスーパーでゴミの片づけの仕事をして働いたのでした。しかし、それで得た収入では生活するのがやっとでした。結局は学生の多くがしていたことでしたが、花も寮で着替えをすると気づかれないように、夜の風俗の世界へ向かったのでした。

来日に際し、本国の仲介者の指示に従い、手数料と入学金と半年分の授業費は払い込んでいましたが、残りの三十万円は半年後払いでした。その上専門学校の寮は四人の相部屋で、経費の均等割りは月五万円です。寮費の負担も決して安くはありません。そして食事代、交通費、化粧品代やその他を合わせるとかなりの金額でした。才覚と体力のない者は途方に暮れて身を落とすか、帰国していくのが通り相場で、特に優れた能力も技術も持たない花にはこの厳しい日本での生活は大変なことでした。

彼女も皆と同じ道を歩くか国に帰るか、どちらかを選択しなければいけない時が迫っていたのです。

しかし、たとえどんなに辛くても、親戚の借金を返済してからでなくては故郷へ戻れないのです。自分が納得できる解決手段がある人は幸せでした。現に返済が少しでも遅れると、母からすぐ催促の電話があるのです。借金は重くのしかかっていましたが、それは自分のために作った借金でしたから、放り出して逃げ出すわけにはいかなかったのです。何年かかっても必ず返済はしなくては国に戻れません。約束を反故にすることは、生まれ故郷を捨てるのと同じことでした。花は考慮の末、客としてよく知っている真一に救いを求めたのです。

# 十八　癖

真一の趣味は、健康管理上の理由で三十年前に始めたゴルフでした。月に一、二度隣県にあるホーム・コースに行っています。山の自然を満喫し新鮮な空気を吸い、童心に戻って遊ぶのが楽しみでした。そのため週末はできるだけ練習場に行き熱心に練習をするのですが、実戦では思うような成果を上げられないのが悩みでした。

四、五年前から一種独特な緊張感のあるプレーを楽しみたいと思い、ホーム・コース主催の月例コンペに参加をしはじめました。しかし、大事な本番では、スコアを崩すパターンが続き、成績はAクラスに近いBクラスでした。いつも行く下町の練習場には、早朝からゴルフ好きの常連が集まっていました。どんなに帰宅が遅く寝不足でも、その時間になると真一は不思議と目が覚めます。家族の眠りを妨げないように足を忍ばせ出かけます。練習場は四月から十一月までは五時の開門ですが、常連のために十分前になると従業員が開場してくれる、そんな練習場でした。

早朝メンバーの顔ぶれの多くは自営業の人たちで、サラリーマンは常連の中では少数でした。時々隣り合わせになったり、顔を合わせたりしているうちに、どちらからともなく挨拶をし、気安く言葉を交わして、友達になった常連さんがいました。帰宅する方向が偶然同じだったことから、道筋にあるファミレスでコーヒーを飲むようになったS氏とM氏でした。二人は偶然にも同業者でした。

ゴルフ談義が盛り上がり、時間を忘れてしまい、心配した家族から電話がかかることもありました。

「また来週に会いましょう」と挨拶をし、家路につくのですが、真一はときどき遠回りして帰ることがあるのです。打ち合わせのため神田に直行する必要がある時でした。墨田にある練習場を出て、明治通り、浅草通りを通過し、隅田川に架かった吾妻橋を渡ると左折し、江戸通りを直進すると、二十分くらいで神田でした。秋葉原に近い事務所の付近は土曜日でも車と人で混雑していました。真一は事務所の前に駐車し、皆が着くまでお湯を沸かしておくのでした。せっかくの休日にわざわざ越谷、横浜から来てくれるメンバーが揃えば、お茶を飲みながら打ち合わせをすぐ始められるようにするためです。

この日は約束があるので昼食を断り、車に乗ると本町交差点を右折し靖国通りを一路新宿へ向けて運転しました。平日に比べ車の少ない道を少し走ると進行方向右側には靖国神社があります。軽く会釈して前を通過し、市谷本村町の防衛庁前を通過し曙橋を潜り、本通りを右折して拡張工事がいつまでも終わらない抜弁天を通過すると、明治通りと職安通りが交差する新宿七丁目でした。最近の週末は天気の動向にかかわらず、真一の心も身体もいつも晴れ晴れとした青春感覚でした。

明治生まれの噺家で名人といわれた古今亭志ん生の落語に「惚れて通えば千里も一里、長い田圃も一跨《また》ぎ」という一節がありましたが、ハンドルを握る真一も、廓《くるわ》へ通う駕籠に揺られる旦那の気分でした。

約束の時間は一時過ぎでしたが、それよりかなり早く着くのが最近のパターンでした。待ち合わせの西武新宿駅前も花の提案で乗降客の多い南口から人の少ない北口へ変えていました。北口で待つ真一の携帯には電車から送られたメールが入ります。メールは「三十分後には新宿に到着します」という花からの合図です。

メールを受けると、真一はいつも決まった行動をとりはじめるのです。薬局や病院で受け取るバイアグラの薬袋の中には、使用の指示書が必ず同封されています。その紙には性交の一時間前に飲むことが明記されていました。楽しみに待っていたこの時間を過ごすために、彼は必ずこれを遵守し、メール連絡が入るとドリンク剤と一緒に服用していたのでした。それはホテルに移動し、秘め事が始まるまでの時間を予測した時間だったのです。

北口の改札前にはハウスメーカーのショールームがあり、この日も営業をしていましたが、週末は車の出入りも少なく、ビル前の道路に駐車して待つのですが、改札から出てくる人もまばらで、花の姿を見失うこともありませんでした。愛しい花の姿が改札から出てくるまで、真一の心はいつも少年のようでした。今日は彼女がどんな服装で現れるかも楽しみの一つでした。若い女性の服装は男心を微妙に誘うものでした。この日の花は真一との後に学校へ行く用事があるらしく、それに合った学園スタイルでした。

花を乗せると歌舞伎町の中の飲食街や周辺のホテル街の路地を通り抜け、明治通り寄りにあるホテルへ車を走らせました。そのホテルに到着して「満車です」と係員から言われ、他を探そうともせずに道端で待っていたことがありました。

やっと駐車ができた喜びも束の間に、「すみません三十分近くお待ちいただかないと空き室がありません。よろしければ本館をご利用願います」と言われ、温泉旅館のように通路で続く本館へ案内されたこともありました。古めいた臭いのする建物でした。

昔風の薄暗いロビーのフロントからキーを受け取り、新館より窮屈な感じのするエレベーターから出ると、点滅ランプの点いた部屋のドアを開けて入りました。室内は薄暗く、第一印象どおりでした。ソファーに腰を下ろしているうちに目が慣れ、ふと見ると真一や花の着ている白地の衣類が蛍光灯に反映していたのです。キャバレーなどでセットされているのと同じブラックライトの作用でした。

花は初めて見た光景に、「綺麗ですね」とつぶやきました。宇宙に浮かんでいるような幻覚ムードが作られていたのです。

しかしこの雰囲気にいつまでも浮かれていたのは真一だけで、花はコンビニで買ってきたサンドイッチと飲物をテーブルに載せると、「オパも食べますか」と聞き、「お腹が空きました」と言って食べはじめたのでした。

この感覚が彼にはどうしても理解できないことでしたが、異国の人はムードよりも現実優先なのでしょうか。真一は、久しぶりに落ち合う二人なら、話をしたり抱き合ったり、ムードが先だと思うのでした。彼女はそんなことより空腹をおさめることのほうが先決だったのです。一人で食べ終わるとそれから会話が始まりました。自己中心型のスタイルが最もはっきりする一コマでした。話の内容はいつもと変わりなく、ママや店の状況やホステスたちのこと、授業のことを一通り聞かせるのです。一方的な話で退屈でしたが、途中で遮ることをせずに最後まで聞いてあげるのでした。もちろん返事を求められれば、彼女にわかるように答えてあげました。花にとって真一は単なるパトロン的なオジさんではない、頼れる存在でした。

新館に比べ本館は年数が経っているようで、今時あまり見ない低い天井で、頭上が気になりそうな圧迫感がありました。花との出会いでこれまでさまざまなラブホテルを利用して思うことがありました。昔の連れ込み旅館といわれた暗いイメージの時代とは比較にならないほど現在は豪華で明るいイメージに替えられていたことです。この日のホテルはその中間にあたる懐かしい感じでしたが、部屋を探索し浴室を覗いて珍しいセットを発見しました。それは浴室内の床に細長く敷かれていた地味なグレーのビニールマットでした。ひと昔前のホテルや旅館には必ず常設されていたものでした。

昔はこの上で互いの身体を洗い合い、ムードを盛り上げ、気分次第ではそのまま愛し合うこともありました。そのように結構利用されたのですが、衛生上の観点から徐々に撤去され、消えたと思っていた珍しい物でした。

床マットの横には緑色の海草乳液が大きな瓶に入って置かれていましたから、これを目当てに利用する者もいたように思いました。真一もそれを花の締まった身体に塗りつけたい気分でしたが、極端な潔癖症のうえ、サービス精神など持たない花には、口に出した途端に精神病扱いされることが想像され、残念に思いながら諦めたのでした。

胸に詰まっていたことを全部話したのか、花は上機嫌で浴室へ姿を消すと、真一がするいつもの熱湯消毒を自分で始めたようでした。やがて準備が整ったのか、顔を洗い歯磨きすると、マイペースに人前でさっさと衣類を脱ぎ、それを一箇所に寄せると均整の取れた若々しい身体を見せながら浴室へ入って行きました。

少し間を置き、真一が入ると、花は珍しく身体を洗い終わっていて、真一を迎えると首筋あたりから気持ちのよい熱めのシャワーを浴びせ、胸や背中、そして勃起した股間を入念に洗ってくれたのですが、サービスをしたわけではなく自分の大事な箇所に接合するので自己防衛のためなのです。そして花が手を加えなくても、すでにバイアグラ・パワーで太く硬くなっている股間を手で摑むと、名残り惜しそうな表情で浴室から出て行ったのでした。

待ちくたびれたように花がベッドの中で待っていました。真一はベッドの横に行き羽根布団をまくり、巻きつけていたバスタオルを外しました。ブラックライトの光の中では花の裸身が怪しく光って浮いているように見えました。裸身はまさに生唾ものでしたが、花をうつぶせにすると、首筋を軽く摑んでは揉み解し、さらに背骨に沿って両親指でゆっくりと下げながら徐々に力を強めて押していきました。彼女は気分をそらされ不満そうでしたが、見よう見まねの指圧は功を奏したのか、湯上がりの身体に心地好い刺激を与えているようでした。花は思わず目をつぶりたくなるほど心地好いようでした。真一は両手を合わせると、裸のまま花の腰にまたがり、肩から腰の辺りまで左右を同じような力配分で押すのでした。指圧のたびに膨張した棒は花の身体に当たっていたのです。身体の裏側を充分に手と指で指圧され、硬い刺激を受けた花は悶えそうな声を出しながら、身体の力を抜いていきました。指圧やマッサージの素人指圧は彼女に充分な満足感を与えたのでした。

真一は夢心地で息づく花の上体を見ながら、自分自身の高ぶりを感じていました。怪しい光の作用で今日初めて出会った女のように花を求め、やがていつものように身体を割り、湧き出た雫を太ももに流す泉に突き進んでいくのでした。いつものように逞しい一物の進入に痛みのようなショックを受けた花の口から、短い言葉が吐き出されました。真一は花の出すあえぎ声を消すように唇を合わせ、身体の芯から熱く燃えたエネルギーを一気に放出すると、全身から体力が失われたような虚脱感に襲われ、ベッドで両手足を広げるのでした。その感覚は満足感のある清々しいものでした。しかし、激しい営みが終わっても剥き出した股間は一向に衰えを見せず、天井を突き破るように悠々と聳えていたのです。

彼女はサウナ好きでした。中国や韓国ではサウナは日常的な生活習慣になっていて、中国ではサウナ料金は日本円なら百円だということで、毎日でも入りたいけれど、「日本の利用料金は二十倍以上で高すぎます」と愚痴をこぼすのでした。だから営みが終わると余韻を楽しむこともなく、シャワーで汗を洗い流すと、濡れた身体でサウナ室との往来を繰り返します。そしてすっかり汗を出し切ると、肌に玉のような汗を見せながら、浴室で長い髪にシャンプーを塗り込み、今度はその髪を入念に洗うのでした。

清潔になるためなら熱心に時間をかけるのですが、立ち尽くしているので疲れないかと思うのは無用な心配でした。

真一が入浴を誘ったことがありました。すると、「汚いです、病気が移ります」と言うのです。花の口癖でした。

いつも決まって神経質に大袈裟な騒ぎをするので、無駄なことだと知りつつも、「世界で最も清潔な場所は日本のホテルだ」と説明したことがありました。そして、「花が生まれた故郷の水よりも、このホテルの水は清潔な飲料水だ」とも。そのときはあきれたような顔で聞き流されました。

しかし、何かの折に、「オパの言うとおりです」と素直に認めてきたのでした。

# 十九　職安通り　鬼王神社前

湯上がり後のさっぱりした気分が落ち着いて、着替えをすると、内線を押します。「帰るよ」と電話で告げると、フロントでキーを返し、支払いを済ませます。

駐車場に行くと、タイミング良く車が回ってきているのでした。車で大久保職安通りに出ると、空いた駐車場を選び、食事します。夕食時間には早いのですがスポーツ後のように空腹になっていました。

職安通りはまた韓国通りとも言われ、韓国関係の店舗や料理店がたくさんあります。周辺の建物の看板はハングル文字でした。職安通りの歩道を歩く人たちも、韓国語で会話している人たちで賑わっていました。一見韓国と間違えそうな通りでしたが、通りから十メートルほど横道に歩くと、芸能人や有名人が来る韓国料理の店「M」があります。時々食べに行く花推薦のこの店は郷土料理専門店ですが、特に鍋物の「カムジャタン」が美味しいので有名でした。

テール鍋の蓋を取ると中には、山盛りの長ネギが豚の背骨のかたまりや皮がむかれたジャガイモの上に載せてあります。そして出し汁は真っ赤でした。ガスコンロで鍋を煮ると、ガスの熱量でじきにこぼれるように泡立ちます。その状態になったら火を細め、蓋を取り、煮つめられて真っ赤に色づき小さくなった食材の骨ガラを箸でつまみ、金属の皿に移すのです。そして骨にやっとついている僅かな肉をかき出し、ご飯と一緒に食べるのです。

真一は唐辛子の辛さが苦手でしたが、なぜかカムジャタンを食べることはできました。真っ赤な出汁が混じった鍋を見たときは、「口にできるだろうか」と躊躇したのですが、いつの間にか鍋底が見えるまで綺麗に食べてしまっていたのでした。とても美味しいので、真一が日本語で食材を聞くと、韓国人店員は、「汁の中身はニンニク、胡麻と赤唐辛子です」と、日本語で教えてくれました。それだけの簡単な食材でしたが、熱く煮込むことで背骨から骨髄が滲み出て、他の食材と調合し、いい味加減になるようでした。三十人も入れば満員になりそうな店内には、韓国人客に混じって、日本の若い女性たちの姿も見かけられ、また周囲の壁には店を訪れた芸能人や横綱力士の写真や色紙が貼られ、多様な客で賑わっているのがわかりました。

しかし、他の店でカムジャタンを注文しても、「M」と同じ味のものは不思議と食べられません。夕食時や休日は終日満員状態だということでしたが、二人が行く時は合間の時間帯なのか、のんびり食べられるのでした。そのため、食べ過ぎるのが問題でしたが、それも楽しい会話があればこそのことでした。

二人は食事の後別れるのですが、時々、通りに面したD・キホーテとか食材スーパーK広場で、花が寮で食べる食料の買い物に付き合うこともありました。どの店もいつも客で混雑していました。店内はキムチ、韓国海苔などとさまざまな韓国商品が棚に満載され、おまけにどの品も安かったので、買いすぎることがありました。花にたくさん持たせてあげたいとついついカゴの中に入れてしまうのです。そして、大きな袋を両手に下げて帰る時の花の困った顔を見ては、反省するのでした。

買い物の後、さらに時間があれば喫茶店でコーヒーを飲みました。地下の店も韓国人が経営し、注文を取る女性も韓国人、客も韓国人でした。真一はこの雰囲気が落ち着くので、日本語で花と会話し、周囲から抵抗感もなく見られるのでした。

コーヒーを飲み終わると互いに背を向けなければならないのですが、職安通りを歩き、帰り時間になると、花は、「もっとオパと一緒にいたい」と駄々をこねるときもありました。しかし、それが無理だとわかると「また会ってください」と引き下がり、真一の乗った車が走って行くのを寂しそうに見送っているのでした。車のバックミラーに花の姿が見えなくなると、真一も気持ちを切り換え、車を家路に走らせるのでした。

二〇〇二年五月から六月にかけて日本と韓国で開催されたワールド・カップの試合があった

ときのことでした。開催国だった日韓両国の選手たちの大奮闘、大活躍でともに予選を勝ち残り、サッカーの話題が語られない日がないほどでした。テレビの中継時には繁華街に人気《ひとけ》がなくなり、飲食店やタクシーは商売を諦めていたそうです。

日本は決勝トーナメントの一回戦で惜敗しましたが、友好国韓国は大奮闘し、ベスト四に残ったのです。本国では真っ赤なTシャツを着た何十万もの人々が、試合の前後に大パレードをして盛り上がる様子を真一もテレビで見ました。日本中が韓国に負けず異常な雰囲気でした。

韓国戦当日の歌舞伎町周辺は、十万人以上の赤いTシャツを着た老若男女で埋め尽くされました。大応援団のために急遽大久保職安通りに超大型テレビ画面が二箇所特設されたのです。試合が始まると、セットされた大画面に無数の視線が吸い付きました。全員が食い入るように見つめ、母国で行われた試合に終了のホイッスルが鳴るまで、大声援を送っていました。そしてこの広い道の交通が遮断され、一時は大声援と熱気で戦場のような雰囲気になりました。どこにこれだけ韓国の人がいたのだろうかと思うような物凄い熱気に包まれた応援風景でした。韓国の素晴らしい試合で日本人も韓国人も心を一つに応援しました。

昔から韓国人は「気性が激しい」と言われていました。試合終了後はエキサイトした勢いで、現場周辺の物が破壊されたり、ゴミが投げ捨てられると関係者は想像していたようでした。しかし、あの盛り上がりが収まりはじめると、誰の指示というわけでもなく、老いも若きも一緒になって、散らかっていたゴミを綺麗に片づけ、静かに家路へ戻って行ったのでした。それは、これまでの風説を見事に覆した団体行動でした。

真一は職安通りをはじめ、歌舞伎町や大久保の街がなぜか気に入っていました。真一が生まれ育った故郷の環境に似ていたのかもしれません。この地はほとんど韓国風でしたが、余計な気を使わずに済む雰囲気が気に入ったかもしれません。だから約束の時間に早すぎると、迷わず一人でこの町を探訪するのでした。歌舞伎町は、白昼も動きを止めない街です。夜明けまで働いている人や明け方まで飲んで酔いつぶれ道で寝ている酔っ払い、これから入るホテルを探している自分に似た中年と若い女性のカップルや、よく見かけるホストクラブの若い男性たち、町を掃除している人たちがいました。この町は一日中休むことなく動き続けている、不思議なパワーを感じさせる街でした。

花も、赤坂で働いてから半年後には、大久保にある外国人専用アパートに学校の先輩と家賃を折半負担の約束で引っ越しました。花には仕事場が近くなるので帰宅時間が短縮され心身に良い影響がありそうでした。しかし、遠方から会いに行く真一には待ち合わせ場所が西武新宿駅北口から、アパートから歩いて数分の職安通りになっただけでした。

近くに鬼王神社前交差点がありました。いつものように早く到着した真一は鬼王神社がどこに存在するのか探索しようと思いましたが、周辺には神社らしい建物は見えないのです。鬼王神社前交差点の表示ですから、あまり離れてはいないだろうと推測し、散歩がてら発見したのでした。神社は区役所通りに面し、職安通り寄りにありましたが、うっかりすると見逃してしまいそうな小さな稲荷神社で、ビルや建物の間に挟まれ、少し下がった位置に存在していました。真一は境内に続く石段を上りましたが、ここが社なのかと思うような狭い敷地に建てられていました。しかし、本殿には家内安全の祈願札が貼られています。この地に住む人たちがお参りをしているようでした。周辺は風俗店や飲食店の密集する場所でもあり、裏側はホテル街でした。

そしてこの区役所通りと職安通りの交差点にコンビニがありました。散歩すると、車からでは見られない街の一面に出会います。真一は待ち合わせ時間より早く到着したときの散策が楽しみになり、歌舞伎町一帯は裏道まで歩いたものでした。何千軒もの風俗店や飲食店が密集し、映画館やコマ劇場があるのが歌舞伎町一丁目で、数え切れないほどのラブホテルが密集している地域が歌舞伎町二丁目です。まさに日本一の不夜城であり、風俗街でした。

最近この地域の地元の商店街が中心になり、歌舞伎町区役所通りに監視カメラを設置しました。そのため、それまで毎日発生していた多くの事件や犯罪が極端に少なくなって、昔のように安心して歩ける通りに戻ったと言われています。確かに路上にいた大勢の客引きや外国人街娼の姿は、設置以来この区役所通りから姿を消しました。でもこの街には彼らが馴染んでいましたし、風俗街の装飾の一つでした。監視カメラが商店や地元にとってプラスかマイナスか、結果が出るのはこれからの話です。

### 鬼王神社の水鉢

――新宿区指定有形文化財彫刻　新宿区歌舞伎町二丁目十七番五号、昭和六十三年八月五日指定

「文政年間（一八一八―一八二九）の頃製作されたもので、うずくまった姿の鬼の頭上に水鉢を乗せた珍しい様式で、区内に存在する水鉢の中でも特筆すべきものである。水鉢の左脇には、区内の旗本屋敷にまつわる伝記を記した石碑があり、これによると、この水鉢は文政の頃より、加賀美某の邸内にあったが毎夜井戸で水を浴びるような音がするので、ある夜刀で切りつけた。その後家人に病災が頻繁に起こったので、天保四（一八三三）年、当社に寄進された。台石の肩辺にはその時の刀の痕跡が残っている。……」とある。この水鉢は、高さ一メートル余、安山岩でできている。

（平成五年一月　東京都新宿教育委員会）

# 二十　ショッピング

引っ越した大久保のアパートのお陰で、花は睡眠時間も増えて健康を取り戻し、顔色も良くなりました。それにデートだからといってわざわざ外出着になる必要もなくなったのです。ですから待ち合わせ場所に来る花の姿は、家で寛いでいるような普段着スタイルでした。どんな服装でも文句はありませんが、約束の時間まで寝ているのか、寝起きとわかる顔はせっかくのムードに水を差されるようで正直言って真一は少し不満でした。

真一は散歩を済ませ待ち合わせ場所に行っても花の姿が見えないとき、交差点にあるコンビニで時間をつぶすのですが、場所柄、客層は若い年代が多く、真一の年代はほとんど見かけません。本をめくりながら外を見ると、のんびり歩いてくる花を見ることがありましたが、そんなときは当然軽装です。ホテルは車に乗って行く距離ではないのですが、若者のように手をつないで歩くこともできず、しかたなく車で、移動するのでした。

ホテルの花が家にいるように寛いだ感じなので、それを見ていると真一は彼女の家にいるような錯覚を起こすのでした。毎月デートのたびに何度もホテルを利用していて、煩わしい思いを感じたことがありました。また経費的に考えても利用回数の頻度次第ではアパート代すら出せそうな気がしたのです。そのほうが都合が良いと考えた真一は親しい知人に相談をしました。彼も真一と同じように、若い恋人と交際をした経験があったのです。

するとと彼から、「恋は一時的なもの。金銭的なことで軽率な行動をしてはいけないし、ついでに何をしてもいいわけではないよ。逢瀬のためだけに部屋を借りれば、関係は複雑になるだけ」と忠告されたのでした。

物事に思慮深い知人の一言で真一は目が覚めた思いでした。浮気について一切の弁明ができないことは真一も充分に承知しています。もう少しで取り返しのつかないことが起きていたかもしれません。

バイアグラを使いはじめた最初の二、三ヶ月間は、服用量は二十五ミリグラムでした。マニュアル通りでも、体調によってはさすがの効果も薄れることがあるのを体験していました。花との逢瀬は今の真一には欠かすことのできない貴重な時間です。その貴重な時間を無駄な時間にはしたくないという強い気持ちがありました。そんな思いも手伝って五十ミリ使用しようと思い立ったのです。先生に相談すると、「体調に合わせ使い分けることは大事なことです」と了解していただきました。もちろん五十ミリのほうが効果はありますし、身体にも異常はまったくありませんでした。

「二十二歳の時、中国で結婚したことがありました」と花は教えてくれました。その結婚も僅か五ヶ月間でスピード離婚になったそうです。離婚の理由は夫の博打好きと浮気が原因のようでした。どこの国でも同じようなことが離婚の原因になると真一は思いましたが、すべての対応が性急すぎるように思ったのです。安易に結婚し、簡単に離婚することが現代の流行のように言われたこともありましたが、真一はそのことを素直に認めたくないと思っていたからです。

昔に比べ、たしかに女性が自立できる機会は広がりました。しかし、それだけの事情で離婚が多いとは思いたくありません。隣国中国は離婚率世界一の不名誉な記録を塗り替えています。日本とは社会状況が全然違う中国では、男以上に働くことに定評があり、男性並みの収入がある女性の発言力は強力だからなのです。その立場は対等で、女性がじっと我慢をする日本のような風習はありません。

それでも別れは辛いことで、その辛さを忘れるために家族を説得し、借金をして日本に出てくる女性は後を絶たないのです。しかし現状は厳しく、夜働くことと自分の身を削ることは避けられない状況だったのです。彼女には気の毒でしたが、これも運命論で片づけるしかないことだと思いました。

しかし、花は割り切って行動しています。気持ちを切り換え、日本にこのまま滞在し、そして将来は小さな店を持ち、母や妹弟を呼びたいという遠大な希望を持っています。今彼女は日本語の専門学校に通っていますが、二年後は大学に入学し、卒業後は企業に就職するという夢を描いています。真一は彼女の真剣な話を聞いて、その夢が叶うことを心の中で願いました。

交際を始めて一年以上経過していましたが、この間一度も花から金品をねだられたことはありませんでした。赤坂へ飲みに行った時でした。花は少し酔っていましたが、初めて、「オパ、サイフと小さなかばんが欲しいです」とねだられました。

珍しいことでした。どのようなことがあったのかわかりませんが、金額的なことではなく真一にとっては聞きたくない話でした。それはいつも自分に尽くしてくれる妻に、これといって喜ばれるようなプレゼントをしていない後ろめたさがあったからでした。花の言ったかばんとは、同僚たちが店内で携帯している小さな手提げで、中にタバコや携帯などを入れる営業用のバッグでした。

ある日のこと、真一はいつも通りの充実した時間を過ごし、着替えをしていましたが、何か気になっていたのです。何なのかすぐには思い出せなかったのですが、それが先日ねだられた「バッグと財布の話だ」と気がつきました。

この日は気分も良く、いつものように帰るのももったいないような気分でした。そこで、車に乗るといつもの道と違う方向へ車を走らせたのです。気がついた花から、「オパ、どこへ行きますか?」と聞かれましたが、無言で区役所通りから靖国通りへ向けて走らせました。日曜の歌舞伎町周辺や靖国通りは人で溢れていましたが、区役所通りと交差する靖国通りの先に見えた地下駐車場へと車を潜らせました。

地上の道幅のある靖国通りの下が、サブナードという地下名店街でした。大久保のアパートから散歩ついでに来ることができるこの地下街でしたが、真一も花も初めてでした。駐車場の地下から階段を歩き、通路のドアを開けると、ひときわ明るい地下商店街でした。

地下街をショッピングしながら歩いている大勢の人たちを見て、花は驚きの声を出しました。そして、「オパ、買い物ですか。私に何か買ってくれるんですか?」と都合の良い質問をしました。

隠しても仕方がないので、「サイフをプレゼントするよ」と答えたのです。

「本当ですか」と素直に喜びを見せていましたが、それを聞くと花は勝手に商店街のウインドウを次から次へと覗いていくのでした。喜ぶ花の様子を見ていて、真一は面倒がらず一緒に来て良かったと思ったのでした。

彼女は店の中へ入り、陳列されていた財布に見たり手に触れていましたが、気に入らない様子でした。そばに行き様子を聞くと「安すぎるから嫌だ」と言うのでした。そこにあった財布は三千円の値札でした。ブランドの財布を探しているらしいことがわかりました。しかし、地下街の店は若者向きの商品が中心で、ブランド品を扱っている店はないようです。仕方がないので他を探すことにしました。

真一は人ごみの中を歩くことが昔から苦手でしたが、「一旦約束をした以上は守るのが男だ」と妙なところに意地を張って、鞄店を探し回りました。いくら歩いても地下街が初めてではわからないのも当然です。真一は考えを整理し、答えを見つけたのでした。この地下街を歩いていれば伊勢丹や三越デパートに続く道が見つかるはずだと気がついたのです。真一は途方にくれている花の手を引っぱって歩きはじめました。

地上の新宿通りや靖国通りから降りてくる、地下街へ通じる何十本もの通路から、大勢の流れに合わせて歩き、案内看板を見つけ、ここから伊勢丹が近いことを知ったのです。地図を記憶に歩いていたら、間もなく伊勢丹デパートへ通じる階段を見つけました。階段を上るとそこは食料品売り場で、通路口の左側を見るとデパートの案内所があり、制服姿の女性数人が忙しく応対をしていました。真一がバッグの売り場を尋ねると「一階フロアでございます」と案内してくれました。休日のデパートには最後にいつ行ったのか忘れたくらい出かけていなかったのですが、どのフロアも大勢の女性客で混雑していました。やっと売り場を見つけましたが、どこを見ても女、女、女ばかりで、人いきれと化粧の匂いで、さすがの真一も圧倒されてしまいました。

花は気に入った財布を見つけるのに必死でした。このチャンスを逃したら次はないと思ったのか、この売り場に目的のものがないとわかると次の売り場へと足早に歩き回ったのです。根気よく探す花の姿に感心はしましたが、元々苦手な買い物につき合っている自分に段々と腹が立ってきました。

花を見つけ、「気に入った財布がないの？」と聞くと、「あるけれど、どちらにしたらよいのか迷っています」と言うのです。

彼には女物の見方などわかりませんでした。

「俺が決めてあげる」と言って、そのコーナーに案内させました。そして真一の決断で、ブランド品ではありませんでしたが、二万円の日本製の革財布を買ったのです。

やっと買い物が済み、このフロアから退散するつもりでしたが、戻る途中にあった他のバッグ売り場の前で足を止めてしまいました。陳列棚を見て、ついでにバッグも買ってあげたくなったのです。彼の性格の一面でした。そのため三十分近くまた売り場を歩き回り、やっと買うことになったのですが、ここで問題が発生したのです。店員さんと花との会話に食い違いがあったようでした。真一ははじめのうち、離れたところで見ていましたが、様子がおかしいので二人の会話を聞くと、たしかに普通ではない話の内容でした。

花は店員に、「今まで触っていた見本の商品が欲しい」と言っていたのです。

しかし、女店員は彼女の言っている意味が理解できなくて困惑していました。

真一は二人の女性の間に入り、女店員に、「少し時間を下さいね」と花を引き寄せたのです。「どうして見本品が欲しいの?」と花の顔を見て訊ねると、花は、「向こうのかばんが欲しいです」というばかりでした。

しかし、しばらく聞いていて、やっと花の言うことが理解できたのです。

中国の衣料店で働いていた時のことでした。花が働いていた衣料店では、見本と奥に隠し置いてある商品では品質が相当違っていたというのでした。だからこの店も同じようなことをするのではないかと思っていたのでした。彼女の話を聞いて真一は正直に驚きましたが、国の違いを改めて教えられた気がしました。

とりあえず、この場は花を納得させなくてはいけないと思い、彼は花に向かって話をしました。

「ここにある見本は、大勢のひとたちが触ったので少し汚れていること」と、そして「このデパートは信用が高いので不良品はない」とゆっくり説明し理解させたのでした。

離れて立っていた店員もやっと解決したことを状況的に判断したらしく、ほっとした表情でカーテンの奥に入って行ったのでした。二つのプレゼントに花は喜びを隠さず、花は真一に身体を預けていました。

真一はこれまでの交際の中で気になっていたことを思い出していました。花の買い物に数回つき合いましたが、買い物に際し自国商品には決して目をくれず、韓国製か日本製であることを確認する仕草をしていたことを思い出していたのです。取り立てて言うほどのことではないけれど、店では値段よりも製造元を見ていたのでした。それも、事情を知れば無理のないことでした。

真一は蟻の巣のような通路に迷子にならないように気をつけながら駐車場へ向かい、お腹が空いたことに気がつきました。いろいろな出来事に遭遇してお腹のことなどすっかり忘れていたのでした。花も「私もお腹が空きました」と言うので、どこか寄って行くことにしました。

真一は歌舞伎町に行く時はいつもゴルフ帽、ポロシャツのカジュアルな姿でした。帽子は顔を隠してくれるので欠かさず常備していたし、彼自身の言葉つきや動作も敏捷でしたから、周囲に実年齢はわかりにくいようでした。実際交際をしていた花も、いつも元気いっぱいで疲れを見せない真一と接していたので、五十を少し過ぎたぐらいに思っていたのです。休日の、若者で賑わっている地下街を腕を組んで歩いていても、極端に年の違いを感じさせるカップルには見えないようです。地下通路にあった蕎麦屋の暖簾が目に入り、腰を下ろすとほっとした気持ちになりました。

花も喜びを顔に出して、「オパ、ありがとうございました。この鞄は学校へ持って行きます」と袋を見せてお礼を言うのでした。

「大事に使いなさい」と言ってから、話を戻しました。

花が中国の故郷で働いていた店の売り場では、棚に並べている見本が一番安心できる商品で、奥から包まれてくる商品の大半は、品質の落ちた不良品が多く、それが中国では常識というのです。たしかに自動車、オートバイ、CDなど、無数の粗悪なコピー商品が堂々とまかり通っている中国の状況は聞いていましたが、花がこれほど強い不信感を持っているとは思ってもいませんでした。

しかし、この数年で中国は実力を磨き、華々しいほどの実績を挙げ、躍進を遂げています。花はそれを知らず、また知っても信用までには手間がかかると思い、真一は説明をやめました。生まれ育った場所と来たばかりの日本しか世間を知らない花から見れば、日本のデパートも同じだろうと思うのは当然でした。ジェット機に乗って二時間余りで到着する隣国の、地域によっては現在も横行している商法の実態を彼女の口から知らされたのでした。

迷路のような通路を通り駐車場に到着し、長い車路を走ると、出口表示は新宿プリンスホテルの地下出口でした。料金を払い坂を上がると、炎天下の地上は大勢の人ごみでした。交差点の信号が変わると一気に靖国通りを四谷方向に走り、区役所通りを左に曲がり、職安通り交差点鬼王神社前を右折し、車を停めました。停車したそばに韓国食材店があり、人が大勢行き交っていましたが、その人たちの存在など気にすることなく、降り際にいきなり真一に口づけをすると、「オパ、大好き、ありがとう」と言って車から降り、若い恋人にするように手を振り、車を見送っていました。

バックミラーで花を見ながら、新宿七丁目の明治通りを一気に池袋方向へ走らせました。真一は車を運転しながら、こうした行動をとっていられるのも、宇宙から飛んできたと信じている「あの蒼い小さな石」のお陰なのだとまた思うのでした。

# 二十一　蛹から蝶へ

日本経済は斜陽化が進み、楽しい話が日毎に少なくなっています。

花は、夜の世界で二年目を迎えました。平常は午前九時から五時まで日本語学校で授業を受け、終わると一旦着替えと食事のためにアパートに戻り、素顔の学生からアイラインやアイシャドーで妖しく変身し、夜の赤坂へ向かっていくのです。

花も今の店で七軒目でした。この世界で二年も過ごせば、一人前のホステスの域に達したかのように思いますが、花は変わりませんでした。

バブル崩壊前から韓国クラブの業界では、ホステスに高額の日給を支払う代わりにノルマを課す契約を結んでいたのでした。双方にとって売り上げ減は死活問題です。ノルマを達成できないホステスにとって罰金制度は厳しくのしかかっていました。身のほども知らず、花も当然ノルマのある契約で働いていたのです。男心をくすぐるような鼻にかかった甘い言葉や仕草が苦手で、どうしてノルマが消化できるというのでしょうか。客を喜ばす方法もわからないまま、またその努力を怠ったまま、理想を追い続ける向こう見ずなホステスでした。

二年もこの世界で働いているのに固定客はなく、時々ヘルプの声がかかる程度でした。これでは最低のノルマも難しく、勤め先のママや店長から月末になると決まって呼ばれ、きつい注意を受けていたのです。当然売上げもなく、ノルマ未達成のため罰金は遠慮なく天引きされるのでした。人より少ない給料もさらに少なく、軽い給料袋を手にいつも嘆くのでした。

なぜ悪いのか彼女自身もそれなりにわかっているのですが、他のホステスたちが努力しているようにはどうしても踏み切れなかったのです。売れっ子でもないのに性格的に客選びをするのですから、仕事が難しくなるのは当然でした。どんなに嫌なタイプの客でも、仕事と割り切りお世辞の一つも言って機嫌を取れば、いつかは客もつくのでしょうが、わかっていてもそれができないのでした。

「たまには食事をしませんか」と誘うこともしないし、それができなかったから、「そのうち一緒に食事をしよう」と客から声がかかることもないのです。そして追い討ちをかけるように景気がかげり、花の働くこのクラブでも例外ではなく、以前のような食事やゴルフのお付き合い程度ではそう簡単に同伴に応じてもらえないような時代になっていました。ホステスたちもノルマ達成のためには自らの身体も犠牲にする時代になっていたのでした。

花も学生でしたし、夜のホステスのほとんど全員が専門学校の学生か、大学生でした。それはこの日本で生活をしていく上でいつかは覚悟をしなければならない、避けて通れない悲しい現実だったのです。お世辞も言えない花には、皆が払っているような犠牲など到底考えられないことでした。このままではまたノルマを達成できないと考えた花は、真一には隠して、ある客に店に同伴することを約束させて、一緒にホテルに入ったことがありました。しかし入浴のため衣類を脱いでいる客の姿を見ているうちに、耐えられなくなって、裸同然になっていたお客の前に座り、床に頭を押し付けて許しを請うたことがあったそうです。それ以来仕事のためだとわかっていても、自分には売り上げを伸ばせないのも仕方がないと思ったのでした。

苦手な客の席につくと積極的に働かず、自然と客から距離をおいてしまうのですから、花はこの世界には不向きな性格だったのです。悪循環でしたが、自分自身の努力不足に問題があるとは思っていないのですから、ノルマをこなすことは無理な話でした。収入が少なければ新しい服も買えず、惨めでしたが、花は決して同じ服装で店に出勤することはなかったのです。

それができるのは固定客を持っている人気のホステスだけでした。花はそれでもいつも新しい服を身につけていたのです。だからいつも財布の中は空っぽで、週末に真一と会うと小遣いをお願いするのでした。花にとって真一は二年以上も贔屓にしてくれている最高の客でした。来日時の借金もありましたが、あまり遅れずに返済ができたのは真一のお陰でした。

真一にも、この二年間繰り返されるパターンがわかってきていました。彼は彼女の将来を心配していましたが、本人はそれほど不安を感じている様子はありませんでした。真一が「将来のために」と、この日本で生きていく心構えを話すのですが、いつも話の途中で逃げ出すのです。

事実上パトロン的な存在でしたが、真一は、会社の経営者でもなく、また一流企業の重役でもなく、一介のサラリーマンです。個人の金で赤坂へ頻繁に飲みに行くことにも限界がありました。ただ、人一倍不器用な女だから、そばにいてやらないと一人歩きができないだろうと気にしていたのです。

可能な範囲で支援をするつもりでいました。しかし、バブル景気にあやかり株の投資などで得た資金も思うほど余裕はなくなっていたのです。体力か気力か資金か、いずれかの条件に問題があれば二人の関係は清算しなくてはならないのです。

真一は誰よりもわかっていたから、破綻のその日が来ても花が困らないような状況作りは考えているつもりでした。花との関係からは、言葉では言い尽くせないほどの、刺激的な喜びと生き甲斐を与えてもらったのです。この二年間欠かさず会っていた週末の逢瀬が何よりの証明でした。週末が待ち遠しくなるほど、少年のように心が燃えていたことは、間違いないことでした。もちろんこの逢瀬は、宇宙から飛来してきた石、バイアグラとの出会いがあったからこそ、なしえたことです。そして魅力的な花の存在なしでは果たせなかった青春の再来でした。

それにしてもほとんど男の形態をなしていなかった真一が、あの蒼い宝石のような小さな錠剤で見事に現役復帰し、想像以上のパワーで肉体改造を果たし、いつも変わらぬタフな身体で愛しい花を満足させ続けられたことは驚くべき事実でした。真一は長い期間勃起障害であった自分が、バイアグラとの出会いによって夢のような生き方を実現したという深い感動を生涯忘れることはないのでしょう。

# 二十二　土曜の同伴出勤

真一は、「たまには海の風に触れるのも良いだろう」と二年ぶりに潮の香りのするお台場へ花を連れて行きました。そのお台場も都心と変わらぬ車と人の混雑です。それでも花は満足げな表情で景色を見ていました。

真一とのドライブは久しぶりで、一緒にいるだけで満足だったのです。若者に人気のヴィーナスフォートは外とは別世界の涼しいコンデションで迎えてくました。高い天井の夕焼けの景色が客の心を和ませていました。中央にはヨーロッパを模した通路があり、道の両サイドには若人たちを招く色とりどりのファッションの店舗が並んでいました。

腕を組んで歩いていた花に、「気に入った服は？」と聞くと「わからないです」と答えていましたが、「入ってごらん」と言うと、やっぱり気になっていたのか、足早に何軒もの店舗に入り、マネキンの着ている服装を見ていました。しかし、陳列商品の大半が中国製だと知るとまったく興味がなくなったのか、「いいのがありません」と醒めた表情になったのです。

それでもラスベガス風に変化する夜景や世界各国の料理店は二人の目を楽しませてくれました。直径百メートルの大観覧車に乗ろうと思いましたが、係員から一時間待ちと聞き、諦めました。館内の食堂は案の定、満員盛況でした。後はここを脱出し、近くのホテルで食事をとろうと車を移動させ、青海にあるホテル・グランパシフィック・メリディアンへ向かいました。

地下駐車場に車を停めて一階フロア・ロビーに行くと、そこは静寂に包まれていました。簡単な食事をするつもりでしたが一見豪華なホテルの雰囲気に気後れしたのか、花は、「オパ、まだ大丈夫です」と遠慮をするのでした。花の気持ちを察し、ロビーの奥の小さな滝が見えるティー・サロンで寛ぎました。

周囲には宿泊客らしい外国人や品の良さそうな家族連れやウェイターがいますし、真一はそれほど緊張しないだろうと思いましたが、花には馴染めない環境のようでした。

「赤坂で焼肉を食べようか」と言うと、「オパ、私最近焼肉を食べていません、うれしいです」と、すっかり元気を取り戻し、喜びました。

土曜の夕方でしたが、お台場からの高速道路はスムーズに走り、たいした時間もかからず霞が関を出、衆参議員宿舎の間を下り、日枝神社横を走りぬけて赤坂通りから赤坂T駐車場に車を入れました。

今日はノルマの足りない花のために、はじめての土曜の同伴でした。クラブ側もあの手この手と工夫をして、同伴の少ないホステスのために作った土曜同伴日でした。花には自分の力で呼べるお客はほとんどいないので、真一が頼りでした。二年前の離婚のショックを乗り越え、中国から身体一つで働きに出てきた田舎娘のために真一はできることはしてあげました。

一ツ木通りから三筋通りのほうへ少し下ると、いつも沢山の客で賑わっている韓国焼肉店があります。何回か食べに入ったことのある店でしたが、土曜でも結構な客で繁盛していました。男性客の顔ぶれを見ると大半がホステス風の女性と一緒でした。もしかして土曜同伴の被害者かもしれないと自分のことを棚に置き、真一は同情したものです。ハラミやカルビを注文し、ウーロンハイを二つ注文しました。お台場で歩いたのが良かったのか、二人の箸が進みました。

八時過ぎに腰を上げ、赤坂通りの坂に面したビルの五階の「I」クラブに同伴出勤しました。早い時間でしたが、店内にはすでに一組の客が来ていました。

真一が奥を見ると、時々座る壁側が空いていました。目つきの鋭い年配の日本人店長は腰をかがめると、真一をそのボックス席へ案内しました。同伴客は結局三組で、客中心の営業ではなく、店の売り上げのためだけのものでした。この時代に客に無理をさせれば結果的に離れていくことがわかっているのでしょうか。盛り上がりに欠けた、意味もない退屈な営業でした。気がつくと十二時を少し回っていました。

駐車場の営業時間をうっかり忘れていましたが、なんとか間に合いました。車に乗ると駐車場脇の坂道を上がり、コロンビア通りへ。通りに出ると、さらに急な坂道を下り、青山通りを左へ曲がり、その広い四車線道路を渋谷方面に向けて走らせました。土曜の深夜の青山通りは車も少なく、街路樹を照らす街灯の明かりだけが目立っていました。ホンダ自動車本社ビル前を通過し、その先の青山三丁目を右折し、神宮外苑の中を新宿方面へ。

店には都合四時間もいましたが、ほとんど疲労回復用の熱い人参茶ばかりを飲んでいたため、運転にまったく支障はなかったのです。彼女にはどこへ行くとも宿泊するとも話はしていなかったけれど、気持ちはすでに通じ合っていたのでした。

車は花のアパートのある大久保通りを走り、小滝橋通りと交差する右角にかつてあったビルの跡地に数年前に建った「ホテル海洋」の地下駐車場へ潜り込みました。

時間も一時をだいぶ過ぎて遅くなっていたし、ロビーもさすがに静かで、二人で連れ添って行くのも気が引けたので、花を離れたところで待たせ、真一はカード・キーを受け取り、エレベーターに乗りました。

ドアをあけるといつも利用するラブホテルとは違った広さと雰囲気に花はしばらく気を遣っていましたが、じきに慣れると「こんな広い部屋が欲しいなあ」と相変わらず無責任なことを言ってはしゃいでいました。そして自分の上着や真一の上着をクローゼットのハンガーにかけると、早速室内探検を始めたのです。

ホテルはバブル全盛期の頃に建設されたのか、建物は都心のホテルと比べ決して大きいとはいえないものの、ホールは一流ホテルと比べても引けをとらぬくらい豪勢な資材で作られていました。客室には幅広いベッドが二台並び、ゆっくり寝られそうでしたが、今晩は花のテンションも高く、なかなか寝られる状態ではなかったのです。探検が済むと自分勝手にベッドの上に服を脱ぎ捨て、生まれたままの見事な裸身を惜しげなく見せて、バスルームへ歩いて行くのでした。

花と会う日はいつもより元気いっぱいに張り切る真一ですが、もちろん自前の気力ではなく、逢瀬のたびに利用している秘宝のようなＥＤ治療薬、バイアグラのお陰でした。バイアグラのパワーは想像以上に凄いもので、飲んで十分もすればいつでも相手の要望に応えられる状態になります。そして性交が始まれば、最低でも三十分は逞しい状態を維持し続けられるし、高ぶりを抑え切れずに射精しても、硬度はまったく同じ状態を保っています。そのパワーはまさに異常でした。

そのパワーを借りていつまでも衰えを見せず、激しく求める真一の強さに、花は始終悲鳴を上げていました。毎週相手をしている花は、「オパはなぜこんなに強いんだろうか」と思っていたかもしれませんが、それを明かすつもりは真一にはありませんでした。最近アメリカなどから百ミリのバイアグラが入ってきていると聞いていましたが、真一は五十ミリで充分すぎるほどのパワーを受けていましたから、これ以上は不要でした。

　皮肉な話でしたが、ゆっくりと時間をかけるセックスは花は嫌いだというのです。「昔の彼は一晩に何回もしますが、いつも五分で終わりました。そして小さいので痛くありません」と贅沢な愚痴をこぼしていたのでした。

　初めて利用したホテルですが、どこを見ても上質なものでした。先に入っている花を追いかけるようにバスルームのドアを開けると、彼女は細い首筋に温かいシャワーを当て、酔いを冷ますように気持ち良さそうに目をつぶっていました。光沢のある若いその肌はシャワーのお湯を見事に弾いていました。いつ見ても飽きのこない均整の取れた肢体でした。首筋にお湯をあてながら小ぶりながら上を向いている乳房を洗い、陸上競技で鍛えた締まった長い足を左右に開き、ボディーシャンプーを指につけると少しずつ腰のほうへと洗っていくのでした。そして腰を下ろし屈むと、締まった足をたたみ、細い足首を指で丁寧に洗いはじめるのでした。一週間ぶりに見る花の全身はほんのりした桃色で、シャワーで浴びた湯の玉が光っていました。

　サウナで汗を流すと冷たいシャワーを浴びてまたサウナ室へ戻る、花はずっとそれの繰り返しでした。湯舟で身体を横たえ、見ていると、浴室との間を頻繁に出入りする躍動感のある若い身体は、格別の目の保養になりました。

　ラブホテルには浴室にもテレビがはめ込まれていて、湯舟に浸かりながら見ていましたが、アダルト番組にチャンネルを回すと不機嫌になる面白い娘でした。しかし今夜の愛の城は定番の歌舞伎町ではなく、シティーホテルの一室だったから、それらのシステムはなかったのですが、広々とした寝室やゴージャスな装飾は、また格別の雰囲気を醸し出してくれていたのです。繰り返しサウナに入る花を残し、先に出るとバスローブを着て寛いでいた真一でしたが、下半身はゆったりとした気分に関係なく、元気に躍動していたのです。

ベッドに横たわっていると、疲れのせいか睡魔が襲ってきました。どのくらい寝たのか、花が隣に来ていたことさえ気がつきませんでした。同じシャンプーを使っているのに、花の身体からは甘い薫りが漂っていました。その薫りに一層刺激されたのか、静まっていた股間の一物は少しずつ硬くそそりはじめて、身体を密着していた花の腰を突いていたのです。

花は真一のほうに向き直ると腕を回し顔を寄せました。唇を合わせ花のバスローブの胸元に手を差し込むと、柔らかなふくらみが手に張り付いてくるように肌がしっとりしていました。唇を今度は首筋に添え、胸元を静かに開くと、左右の乳房が苦しそうに息づいています。右手は右の乳房を摑み、左の乳房は唇が吸い込んでいました。花の右手は真一の髪を摑み、左手は肩を強く摑むのでした。真一の唇が腕の脇に口づけしながらそのまま体の線に沿ってゆっくりと下がりはじめると、その行為に合わすように、花の身体から力が抜けはじめていたのでした。バスローブが剥がされるとそこには引き締まった弾力のある身体が全貌を現しました。小ぶりの乳房をそっと摑み、柔らかに揉み解すと花は頭を折るようにして息を弾ませるのでした。花の急所は心臓に近い左の乳房らしく、左の乳房に軽く触れるだけでも大袈裟に声を出し、さらに薄桃色の小ぶりの乳房を口の中に含むと一層の快感を感じるのか、口から出し入れして吸い込むたびに身体を極端に反応させせました。そして、それが始まると必ず決まったように息も絶え絶えになり、小さくかすれた声を出すのがわかっていました。

「オパ、早く来てください」と催促が始まると唇を乳房から外し、徐々に臍や下腹あたりへ唇を移動させながら、手は形の良い足の付け根部分を優しく上下に摩るのでした。

花は手を伸ばし、真一との合体を求めますが、真一は意地悪な子供のようになって、時間をかけて責めるのでした。化粧を洗い流し素顔に戻った花は、色白の顔や額に汗を滲ませ、頬を上気させていました。それは恋人の焦らすような苛めに耐えている愛らしい女の表情でした。

バイアグラ・パワーの余裕か、真一は思い通りの行為に及んでいる自分の姿を鏡で見ることがあったのですが、鏡に映ったその姿は責め続けながらも息は乱れず、思いのままに花の身体を堪能していました。大袈裟に表現すれば、それは目に見えない力で動いている一頭の雄の姿でした。

激しい動きに揺らされた花の身体は、力をなくした抜け殻のように開いています。逞しく脈を打ち太く膨張した肉塊は、花の身体を突き抜けるような勢いで責めています。その強さを充分に受け止めている花は首を左右に振り、やがて歓喜の渦に落ちていったのでした。真一は簡単に放出する気はありませんでした。

一回目のアクメで息も絶え絶えだった花の呼吸も収まりかけました。花の上気した顔に近づき唇を合わせると、うっとりした表情で抱きついてきたのです。花の激しかった息が鎮まると真一は身体を起こし、一向に衰えを見せないフランクフルトに似たビッグなペニスを花の唇へ近づけました。その気配を感じたのか、花は細い指で逞しい一物を掴むと小さな舌で先端をそっとなぞり、そして次は口が塞がるくらいの太いペニスを飲み込みました。

真一は愛撫を受けている自分の分身と、花の献身的な仕草を見て恍惚状態になったのでした。花が唾を引きずるようにペニスから口を離しても、硬さは同じでした。花は真一に、「オパ、後ろから」とくるりとうつ伏せになると、自ら頭を下げ、形の良い尻をせり上げるのでした。花の桃尻を真一の腕は左右から強めに抱えると、割れ目にそって、下からゆっくり突き上げるように挿入しました。花が交わりの中で最も好きな後体位でした。太く熱を帯びた肉の棒は根元までしっかり収まり、花の身体は次の真一の動きをじっと待っているかのようでした。背中越しに手を伸ばし、左右の乳房の揺れを楽しみながら、ゆっくりと下から突き上げるように腰を動かすと、花は堪らず声を上げ、反応をするのでした。花も自分の好きな後体位でフィニッシュを迎えることを望んでいました。真一の終わりが近いことを全身に感じると、自らもその動きに合わせようと尻を腰に一層密着させ、フィニッシュを迎える仕草に入るのでした。

疲れも見せず執拗に攻め続けながら真一も身体の芯から少しずつのぼりつめてくる熱いエネルギーを感じると腰の律動を早め、花の腰が離れないように押さえながら、熱く煮えたぎっているマグマを一気に吐き出しました。老人と言われても否定できない年齢を少しも感じさせない激しい行為もさることながら、一度は勃起不全になり挫折感を覚えた身体でこの喜びの絶頂感を迎えられるとは、どこの誰が思ったでしょうか。

週刊誌か雑誌で読んだ記憶がありました。バイアグラという薬は、世界に君臨する米国ファイザー社が開発当初、狭心症の治療薬として患者に投薬していたものですが、その本来の目的効果が表れず、薬の回収作業に入ろうとしていました。ところが、治療薬の投与を受けていた患者たちの多くがなぜか回収を拒否。その事情を調査していく上で、患者たちの大半に一応に勃起症状が起こるという予想外の効果が表れたということです。まさに、瓢箪《ひょうたん》から駒が出たのです。

ファイザー社はそれまでの成分を丹念に究明し、その事実を認めると共に、さらに薬剤としての効果や安全性に一層の時間をかけ研究開発を重ね、勃起不全治療薬とし改めて市場に出したのです。神代の昔から不老長寿の秘薬や「復活」をさせるといわれた数々の珍品は途絶えることはなく、一般的に勃起剤とか興奮薬として市場にあふれてはいますが、噂には聞いていていてもこれといって信じられるような効果を実際に体験したという人と出会ったことがないのです。

バイアグラの効果はもとより、安全性は、他の薬を寄せつけることのないものであり、史上まれにみる発明としてノーベル賞を受賞してしかるべき物ではないでしょうか。

# 二十三　合格と別離

ひいき目に見ても、花は空回りばかりしていました。それでもいつかは日の目を見ると信じ、世の中に引き離されまいと必死につかまっているのが真一にも伝わっていました。

早いもので二年と六ヶ月、花も二十六歳になっていました。彼女は二年間の日本語専門学校を無事卒業したのです。学校の担任や友人に相談し考えた末、都内の短大を受験しました。当初学校サイドからはこの受験に際し、レベルの面から不安視されていたのですが、熱意と過去二年間の学習態度を認められ推薦状を貰ったのでした。受験当日まで、花は寸暇を惜しみ受験勉強に励んでいました。もし受験に失敗したら残留の資格を失い、帰国を余儀なくされるのですから、その努力や頑張りは真一が思うほど楽ではなかったのでした。

花の自由な時間帯は仕事が終わった午前一時から帰宅時間までの間で、その間だけが友達との情報交換などで寛げるひとときでした。毎日寝不足の状態でしたが、休める状況ではありませんでした。その上やっと解放される週末は真一との逢瀬で半日はつぶれたのです。もちろん、真一との時間すべてが苦痛であるわけではありませんでした。真一と性の交わりもあり、そのほかに悩みごとの相談もできる、充実した時間でもあったのです。

短大受験は在日に不可欠なビザ取得の上で必要な手段でもありましたが、花はその理由だけでなく、真面目に勉学への意欲も持っていました。そんな花が晴れて短大生になったのです。真一にとっても他人事ではなくうれしい出来事でした。これで卒業までの二年間は留学生として滞在できるのです。でも手放しに喜んでばかりはいられません。新たな金銭の負担が増えることになるからです。

授業料は年間百三十万円前後、学園までの交通費や多くの参考書、それに関係する費用はさらに上積みされるのです。専門学校以上でした。だからと言って今以上に収入が増える見込みもないのです。

意気込みに反して準備が大変でしたが、本人はそれほど慌てている様子を見せません。真一は拍子抜けしました。ほとんど用意していないことを後日知って、慌てたのは本人より真一でした。これまでにいろいろ驚きはありました。お国柄なのか、彼女の性格なのか、このアバウトな感覚はどうしても理解できないものでした。自分の力でできるところまで頑張ろうという気持ちはあったようでしたが、到底入学金が作れないと知り、真一の知らないところでは落ち込んでいたようでした。これ以上真一に頼めないと思ったのか、自分の力で解決しようと努力をしていたようですが、現実は何もできなかったのです。相談もできず落胆していたのですが、時間は経ち期日は迫っていました。この二年間、花からの無理を聞いてきた真一です。

真一が花に問いただすと、「オパ、助けてください」と頼むのでした。

しかし、真一は打ち出の小槌《こづち》をもっていたわけでもなく、こつこつ蓄財した小金もそろそろ底をつきはじめていたのです。しかし、その小金も愛しい花のためになら使える金でした。この交際で内緒で貯めた蓄財のほとんどを使い果たしても後悔するつもりはなかったのです。花との交際ですっかり忘れかけていた生き甲斐を取り戻すことができたのです。バイアグラで見事に男性として復帰したのでした。彼女のお陰で再び青春を満喫し、人生最大の生き甲斐を感じた期間でした。

金の使い方。人それぞれに持った目的に応じた使い方があると真一は思っていました。投資に始まり、競馬、競輪、競艇、ラスベガスでの博打など、一攫千金を夢見るのも人生です。一瞬にして数億、数千万を失う人もあれば、三十年間こつこつ蓄財してきた金で、二度とないと諦めていた青春を夢見るのも人生です。

その価値観はさまざまです。二年以上も生き甲斐のある人生を過ごせたことは決して無駄な投資ではありませんでした。負け惜しみではなく、花には最大級の感謝を言いたい気持ちでした。

そして今、真一には、すべての面で引き時が来たと思われるのでした。それは真一が今までに見たことがなかった必死の頑張りで、花が見事難関を突破したことがわかったからでした。いざとなれば彼女自身の努力次第で、新しい道を切り開けるのではないかと感じたからでした。その花の選んだ道が歩けるようにと、真一は、入学金と半年分の学費を手渡しました。

真一は好物の韓国料理カムジャタン鍋に箸をつけながら、楽しそうに話しかけてくる花の笑顔を見て、いずれ二人を待ち構えているであろう別離の日が来るまで、悔いを残さぬように過ごそう、それが二人にとって一番良いことだと思うのでした。真一はその瞬間まで楽しみたいと思いました。

台湾出身の歌手、欧陽菲菲が大ヒットさせた「ラブ・イズ・オーバー」のように、恋には別れが来るのです。恋は腫れ物現象だから、いつかはその腫れ物が治ることを覚悟していなければなりません。二人の恋に終止符を打つ日が来るでしょうが、その日は新たな出会いに向かってまた歩きはじめる旅立ちの日でもあるのです。

人は恋をすると言いますが、愛をするとは言いません。恋にはいつも行動が秘められているもの、そして愛は静かに互いを確認し合うもの、愛はその恋を乗り越えた人だけが手中にできる、最終的な結果だと思われるのでした。

# あとがき

思いがけないところでの人や物との出会い。そんな出会いを偶然のいたずらと片づけることはとても簡単なことですが、人の目には見えない不思議な力が作用していると思ったことはありませんか。角川国語辞典で「出会い」を引くと、〈①出会うこと。会合。②あいびき。③デートする。良い色どり〉と書かれていました。

私は、出会いとは新しい出来事の発見と解釈しました。なぜなら、この小説を書いている段階で実に不思議な体験をしているからです。

忘れもしない平成十四年十一月のことでした。文芸社でアドバイザーN氏から原稿についてご意見ご指導を受けておりました。打ち合わせを済ませ、新宿二丁目からタクシーを拾い、「乃木坂へ」と告げて乗り込みました。昼の四谷三丁目交差点付近はいつものように渋滞で、再三の信号待ちでした。気の良さそうな運転手さんは、信号待ちを自分の責任のように恐縮した面持ちで筆者の座る後部席に顔を向けながら渋滞に巻き込まれたことを詫びてきました。

これまでにも、深夜、ほろ酔い気分になり、こちらから話しかけることはありましたが、普段は急ぎの用事で乗るため、距離も近く、行き先を告げる以外に話したり、まして運転手を覚えられるほど正面から見ることは滅多にありませんでした。

三度目の青信号で四谷三丁目交差点を右折すると、外苑東通りを走りました。先ほどまでの渋滞がまるで嘘のように道は空いていて、信濃町駅と慶応大学病院の間を通り抜け間もなく青山通りです。

タクシーは遅れを取り戻すように走りました。青山一丁目交差点も信号待ちすることなく通過し、青山ツインタワービルの手前を左折し、T字路を右折、六本木に通じる外苑東通りに入りました。タクシーに乗るといつもの癖で料金メーターに目をやります。メーターは千二百六十円を表示していましたが、一、二分で乃木坂付近へ到着です。背広から財布を取り出しズボンからは小銭入れを出しました。小銭入れを開くと表示の端数と同額の小銭がありました。到着までメーターが変わらなければいいと思っていました。

願いが叶ったように用意した金と同額の料金でした。何か得をしたような気持ちで運転席の横にある受け皿にお金を置くと、横に置いていたコートを持って、運転手さんに礼を言ってタクシーを降りました。目指すオフィスは進行方向の反対側でした。そばの信号が変わるのを待って渡るつもりでしたが、乗ってきたタクシーも同じ様子で通り過ぎる他の車両を見ていました。

ほんのわずかな時間でしたが珍しく乗ってきたタクシーの車体を見ていました。タクシーを止める時、客は正面だけ見て、それがどんな車体か、またどこの会社か、などにはあまり注意を払わないものです。乗ってきたタクシーは珍しく貨客両用のワゴン・タクシーでした。

やがて通過した車両の後からワゴン・タクシーも流れに入っていきました。それを見送るように筆者も道を渡り、そして腕時計を見るとデジタルは午後一時十五分でした。社員食堂はまだ開いている、と思いながら会社に入り、持っていたコートをロッカーのハンガーに掛け、内ポケットに手を入れ磁気カードを取り出そうとして重大なことに気がつきました。

一瞬にして頭の中が白くなるのを強く感じ、眩暈《めまい》がしました。そして、時を置かず全身に冷や汗が噴出しました。取り越し苦労と些細な思いのため、取り返しのつかない大変な事件を起こしてしまったのです。うっかりでは済まされない大変なミスだと己を罵りながら、いつ間にか車道に出て一円も持たずタクシーを止めていたのでした。行く当てもなかったけれど、とりあえず乗ってきたワゴン・タクシーが走り去って行ったと思われる六本木方向へ向かいました。

腕時計の針は一時半を指していました。昼食タイムも終わり、皆そろそろ活動時間に移行する時間帯でもありました。それなのに普段は多くの車両で慢性渋滞の外苑東通りが、この日は珍しいほど車もまばらで、かなり先まで見通せたのです。

運転手さんに、探し物だからゆっくり走らせてくれるようお願いをし、見落とすまいと左右に首を振り、目を一杯に開き視線をとばしました。あっという間に六本木の交差点でした。無駄な行為だという声が聞こえてきそうな気分でもありました。

六本木の先はどういうわけか、車両が交差点まではみ出していました。それを見て、ワゴン・タクシーは直進していないような気がしたので、溜池方向へ向かうように指示をしました。それなのに、溜池方面はまたもガラ空きでした。それを見て同時に、ワゴン・タクシーを探すのは無理だと思いました。下車後、客を拾い別方向に走っているかもしれませんし、他の道を走っているかもしれません。また、時間的にみて、静かな場所で休憩しているかもしれないとも思いました。時間が経てばそれだけ相手を見失う確率が高くなります。あてのない捜索よりも下車した周辺を念入りに探すほうがまだ良いと思い、溜池交差点の一つ前の交差点を左折して乃木坂へ戻るように言いました。

車はATTビル前を左折し、議員宿舎のある細い坂道を上がりました。その坂道を下ると交番と信号機のある交差点でした。人気の少ない飲み屋街を通り、赤坂通りに出ました。右方向は山王下で左方向が乃木坂でした。山王下に向かう道は数珠繋ぎのように渋滞でした。諦め半分で、「この列の中にいたらいいなあ」と期待しないで見ていると、その流れの中にワゴン・タクシーとあの見覚えのある運転手さんが現れたのでした。

一瞬信じられない光景でした。「まさか嘘だあ」という異常な興奮でした。何も言わず、乗ってきたタクシー運転手さんの肩を叩いて道中で急停車させると、訳もわからない運転手さんを残して車道に飛び出ました。たった今、すれ違ったワゴン・タクシーはすでに二十メートル近く離れていましたが、対向車が走ってくるのも気にせず夢中で走りました。走りながらワゴン・タクシーの先方を見ると山王下交差点の信号機は青でした。すれ違った時はノロノロでしたが、渋滞していた車列は交差点に向けて徐々にスピードを上げはじめていました。走りながら、追いつけないのでは、と慌てました。それでも諦めず息を切らせて走りました。

その時、急にワゴンが停まったように思いました。後部席には客の姿が見えません。山王下の信号機が赤になりもう少しで追いつけると思いました。財布があったら奇蹟だと思いながら、停車寸前のワゴンの後部ドアを力一杯叩きました。

激しくドアを叩く音に驚いたように運転手さんはブレーキを踏み、客の姿を見ると慌ててドアを開けました。開いたドアを待ちかねたように覗くと、後部座席には必死の思いで捜していた、現金とクレジットカードが六〜七枚、ＩＤカードと免許証の入った赤皮の財布が何事もなかったかのように置いてあったのでした。

「これは俺の財布だからね」と、強い口調で告げ、しっかり財布を掴み、状況が飲み込めずに見ている運転手さんに短く、「ありがとう」と言葉をかけてワゴン・タクシーから離れました。

唖然とした表情の運転手さんは、勢いに押されたように頷いていましたが、一瞬の騒ぎがなんであったか実情は知らなかったと思います。そして、信号が青に変わり動きだした前方タクシーの後を追うように車を走らせていきましたが、その後を見送る私にとっても信じがたい奇蹟のような出来事でした。地獄と天国の間を短い時間帯の中で行き来したのでした。冷静になればなるほど、奇蹟のような、二度とあり得ない出会いに、身の毛のよだつような思いでした。三十分間の間に起こった奇蹟でした。それもこの迷路のような広い大都会で。

平成十五年十月吉日

清水谷　秋織

**著者プロフィール**

**清水谷 秋織**（しみずや あきお）

1943年、北海道に生まれる。
1962年、札幌の私立高校を卒業。同年、市内の薬品問屋と雑貨問屋で半年働く。
1963年、露店商を稼業とする一家の組員になる。
1965～69年、知人を頼って上京し、別荘地販売員など、転職を重ねる。
1970年、一部上場企業に入社。サラリーマン生活を続けるかたわら、
1986年、原宿竹下通りにて、カフェ・レストラン「L」を妻と共同経営。
2003年春、定年を迎え、32年間のサラリーマン生活を終え、現在に至る。

**青春弾丸　ご意見無用**

2003年10月15日　初版第1刷発行

著　者　清水谷 秋織
発行者　瓜谷 綱延
発行所　株式会社文芸社
〒160-0022　東京都新宿区新宿1－10－1
電話　03-5369-3060（編集）
03-5369-2299（販売）

印刷所　株式会社平河工業社


ISBN4-8355-6370-0 C0093